HUMOR PICANTE DE ANTAÑO

Volumen 1

Cuentos sucios, chistes, historietas, chascarrillos y epigramas de los mejores autores castellanos.

Recopilación y prólogo de
JUAN BAUTISTA BERGUA

Copyright del texto: ©2010 Ediciones Ibéricas
Ediciones Ibéricas - Clásicos Bergua - Librería Editorial Bergua
Madrid (España)

Copyright de esta edición: ©2010 LaCriticaLiteraria.com
Colección La Crítica Literaria
www.LaCriticaLiteraria.com
ISBN: 978-84-7083-175-1

Version original: "Ensaladilla" de la Librería Editorial Bergua
Volumen 1 de la serie "Ensaladilla" por U. L. D. E. C. (Juan B. Bergua)

Imagen de la portada:
William Adolphe Bouguereau (1825-1905) "Nymphs and Satyr"

Ediciones Ibéricas - LaCriticaLiteraria.com
Calle Ferraz, 26
28008 Madrid
www.EdicionesIbericas.es
www.LaCriticaLiteraria.com

Impreso por LSI

CONTENIDOS

EL CRÍTICO - JUAN BAUTISTA BERGUA

Juan Bautista Bergua nació en España en 1892. Ya desde joven sobresalió por su capacidad para el estudio y su determinación para el trabajo. A los 16 años empezó la universidad y obtuvo el título de abogado en tan sólo dos años. Fascinado por los idiomas, en especial los clásicos, latín y griego, llegó a convertirse en un célebre crítico literario, traductor de una gran colección de obras de la literatura clásica y en un especialista en filosofía y religiones del mundo. A lo largo de su extraordinaria vida tradujo por primera vez al español las más importantes obras de la antigüedad, además de ser autor de numerosos títulos propios.

SU LIBRERÍA, LA EDITORIAL Y LA "GENERACIÓN DEL 27"

Juan B. Bergua fundó la Librería-Editorial Bergua en 1927, luego Ediciones Ibéricas y Clásicos Bergua. Quiso que la lectura de España dejara de ser una afición elitista. Publicó títulos importantes a precios asequibles a todos, entre otros, los diálogos de Platón, las obras de Darwin, Sócrates, Pitágoras, Séneca, Descartes, Voltaire, Erasmo de Rotterdam, Nietzsche, Kant y los poemas épicos de La Ilíada, La Odisea y La Eneida. Se atrevió con colecciones de las grandes obras eróticas, filosóficas, políticas, y la literatura y poesía castellana. Su librería fue un epicentro cultural para los aficionados a literatura, y sus compañeros fueron conocidos autores y poetas como Valle-Inclán, Machado y los de la Generación del 27.

EL PARTIDO COMUNISTA LIBRE ESPAÑOL Y LAS AMENAZAS DE LA IZQUIERDA

Poco antes de la Guerra Civil Española, en los años 30, Juan B. Bergua publicó varios títulos sobre el comunismo. El éxito, mucho mayor de lo esperado, le llevó a fundar el Partido Comunista Libre Español que llegaría a tener más de 12.000 afiliados, superando en número al Partido Comunista prosoviético oficial existente. Su carrera política no duró mucho, después que estos últimos le amenazaran de muerte, viéndose obligado a esconderse en Getafe.

LA CENSURA, QUEMA DE LIBROS Y SENTENCIA DE MUERTE DE LA DERECHA

Juan B. Bergua ofreció a la sociedad española la oportunidad de conocer otras culturas, la literatura universal y las religiones del mundo, algo peligrosamente progresivo durante la dictadura de Franco, época reacia a cualquier ideología en desacuerdo con la iglesia católica.

En el 1936, el ejército nacionalista del General Franco llegó hasta Getafe, donde Bergua tenía los almacenes de la editorial. Fue capturado, encarcelado y sentenciado a muerte por los Falangistas, la extrema derecha.

Mientras estuvo en la cárcel temiendo su fusilamiento, los falangistas quemaron miles de libros de sus almacenes por encontrarlos contradictorios a la Censura, todas las existencias de las colecciones de la Historia de Las Religiones y la Mitología Universal, los libros sagrados de los muertos de los Egipcios y Tibetanos, las traducciones de El Corán, El Avesta de Zoroastrismo, Los Vedas (hinduismo), las enseñanzas de Confucio y El Mito de Jesús de Georg Brandes, entre otros.

Aparte de los libros religiosos y políticos, los falangistas quemaron otras colecciones como Los Grandes Hitos Del Pensamiento. Ardieron 40.000 ejemplares de La Crítica de la Razón Pura de Kant, y miles de libros más de la filosofía y la literatura clásica universal. La pérdida de su negocio fue un golpe tremendo, el fin de tantos esfuerzos y el sustento para él y su familia…fue una gran pérdida también para el pueblo español.

PROTEGIDO POR GENERAL MOLA Y EXILIADO A FRANCIA

Cuando General Emilio Mola, jefe del Ejército del Norte nacionalista y gran amigo de Bergua, recibe el telegrama de su detención en Getafe, intercede inmediatamente para evitar su fusilamiento. Le fue alternando en cárceles según el peligro en cada momento. No hay que olvidar que durante la guerra civil, los falangistas iban a buscar a los "rojos peligrosos" a las cárceles, o a sus casas, y los llevaban en camiones a las afueras de las ciudades para fusilarlos.

¿El General y "El Rojo"? Su amistad venía de cuando Mola había sido Director General de Seguridad antes de la guerra civil. En 1931, tras la proclamación de la Segunda República, Mola se refugió durante casi tres meses en casa de Bergua, y para solventar sus dificultades económicas, Bergua publicó sus memorias. Mola fue encarcelado, pero en 1934 regresó al ejército nacionalista y en 1936 encabezó el golpe de estado contra la República que dio origen a la Guerra Civil Española. Mola fue nombrado jefe del Ejército del Norte de España, mientras Franco controlaba el Sur.

Tras la muerte de Mola en 1937, su coronel ayudante dio a Bergua un salvoconducto con el que pudo escapar a Francia. Allí siguió traduciendo y escribiendo sus libros y comentarios. En 1959, después de 22 años de exilio, el escritor regresó a España, y a sus 65 años comenzó a publicar de nuevo hasta su fallecimiento en 1991. Juan Bautista Bergua llegó a su fin casi centenario.

Escritor, traductor y maestro de la literatura clásica, todas sus traducciones están acompañadas de extensas y exhaustivas anotaciones referentes a la obra original. Gracias a su dedicado esfuerzo y su cuidado en los detalles, nos sumerge con su prosa clara y su perspicaz sentido del humor en las grandes obras de la literatura universal con prólogos y notas fundamentales para su entendimiento y disfrute.

Cultura unde abiit, libertas nunquam redit.
Donde no hay cultura, la libertad no existe.

El Editor

PRÓLOGO

Lectora bella y curiosa, si no eres tonta y mojigata, y tú, lector amable y despreocupado, excesivamente timorato, y una y otro no pretendéis sino pasar el rato alegremente convencidos de que la risa es el mejor y más sano de los dones que los dioses concedieron a los mortales, hacéis bien en tomar este libro en vuestras manos. Mas, si sois de los que pretenden quitarse la roña espiritual a fuerza de agua bendita; de esos hipocritonzuelos que fingen asustarse de todo y que de todo se escandalizan, de los tan "finodos" que a la mierda la llaman caca, "tras" al culo y antes darán mil rodeos y alusiones o citarán palabras tan extrañas a nuestro rico castellano como "cocotte" o "hetaira" que pronunciar una tan castiza, clara, sonora y añeja como la biensonante "puta", entonces, si de tales sois, soltad pronto estas hojas impresas, no os manchen y las manchéis con vuestras manos.

Suéltenlas también de las suyas lúbricas y puercas aquellos que le hayan tomado creyendo encontrar en él con qué dar pábulo a su rijosidad erótica. Este libro no es un libro pornográfico. Sólo pretende hacer reír, no excitar pasiones escondidas. Su contenido es una serie de chistes, epigramas y dichos más o menos atrevidos—más con alguna frecuencia—; cuentos de todos los colores, olores y sabores, y chascarrillos unas veces simplemente graciosos, otras atrevidos y otras más atrevidos todavía; tan atrevidos que quizás lleguen por descuido nuestro en alguna ocasión a desvergonzados, pero nunca tan puercos que pequen de groseros, ni tan libres que parezcan libertinos ni menos eróticos.

Entendemos que se puede pasar el rato sin caer en la baja lujuria. Que puede decirse todo sin ofender con el mal gusto y la procacidad, y, consecuentes con esta opinión, no limitaremos en cuanto a la forma a llamar al pan, pan, y al vino, vino, mientras este pan y este vino no pasen de ese límite que separa siempre, para bien del buen gusto, lo alegre y lo picaresco que a todos regocija, de lo chabacano y lo soez que ofende a los no soeces y chabacanos. Y en cuanto al fondo, ya lo hemos dicho: no se trata sino de una recopilación de chistes, chascarrillos, hechos graciosos, dichos agudos, epigramas de los mejores autores castellanos y cuentos sucios (no puercos, que no queremos que digan: "¡Qué tío cerdo!", pero no nos importaría: "¡Caray!; tiene gracia este tío cochino!"); de modo que cuentos sucios y de esos otros que se suelen llamar "verdes", que corren de boca en boca y que se oyen con tanto requetepijotero gusto. Aquellos, los sucios, los escribiremos, por lo general, con todas sus letras, porque si no, no tienen gracia; éstos los adobaremos sustituyendo por sal la pimienta más gruesa, pues no es lo mismo oírlos de juerga, entre amigos, vino y quizá mujeres, que a palo seco y cara a cara con el libro. Ahora que su color y su sabor intacto quedará.

En una palabra: nuestro lema es ¡Viva la alegría sin inmoralidad! Y sin faltar a tan rígida y respetable señora, procuraremos dar risa y de regocijo.

Si así lo conseguimos, nos daremos por tan satisfechos que hasta tendremos ánimos para seguir coleccionando divertidas facecias; si no, sea el olvido con este volumen y el ayuno con quien lo aderezó.

Y señor, Dios con todos.

Juan Bautista Bergua
U. L. D. E. C.

HUMOR PICANTE DE ANTAÑO

Volumen 1

PARA ABRIR BOCA

De cierta dama que a un balcón estaba pudo la media y zapatillo estrecho, poner el lacio espárrago a provecho de un tosco labrador que la acechaba.

Y ella, cuando advirtió que la miraba, la causa preguntó de tal acecho; el labrador le descubrió su pecho, diciendo que la veía y contemplaba.

Mas ella, con alzar el sobrecejo, le dijo con melindre: "Esto, hermano, no es más que ver y desear la fruta".

El labrador, sacando el aparejo, le respondió, tomándolo en la mano: "Pues ver y desear, señora puta".

(QUEVEDO)

NOCHE DE BODA

A oscuras, pues tal era el deseo de la flamante mujercita, y nervioso, nerviosísimo, como es de suponer, se desnudaba don Heliodoro, atropellándose por desprenderse cuanto antes de la ropa de novio, no menos flamante pero ya estrenada.

Y no era para menos el caso: el cuarentón, muy pasado y más corrido que un billete viejo, y ella, en cambio, la que ya entre sábanas toda tímida y seguramente temblorosa no osaba decir esta boca es mía, apenas de diez y siete abriles y pura e inocente como una paloma recién salida del huevo.

—¡Una tórtola! ¡Una tortolilla!—que le acababa de repetir por centésima vez la avutarda de la madre—. Trátela, mi querido yerno, como a un ramito de azahar, como a un cristal, y disimule sus prontos, porque es tan ingenua, tan niña....

Pues, sí; una niña, un encanto, vivita de genio quizá, pero un cogollito, con sus ojitos azules, su melenita corta, sus manitas de bebé, sus....

—¡Uf!... Nena, nenita, ya estoy, ya, ya voy, hazme un sitito...

Y diciendo ésto, don Heliodoro, sin más ropa ya que con la que asomó la nariz por este pícaro mundo, saltó a la cama y...

Aquí unos instantes de lo que un poeta llamaría "rumoroso silencio": suspiros, bufiditos, rumor de besos, batir de sábanas... De pronto, quiebra el rumoroso la voz rápida de la tortolilla, que exclama con irritada y encantadora espontaneidad:

—¡Cuidado, caballero! ¡Es horrible! ¡Jamás me había acostado con un hombre que tuviese los pies tan fríos como usted!...

—

La vieja doña Dolores,
en sus discursos prolijos,
cuenta que tiene tres hijos
y los tres a cual mejores:

> Uno despunta en belleza,
> otro en valor extremado,
> y el otro, que ya es casado,
> despunta por la cabeza.

—

Dos amigas de colegio se encuentran después de mucho tiempo y, pasados los primeros transportes de alegría, hablan de mil cosas; hasta que por fin caen, pues las dos están por fortuna casadas, sobre un asunto que las interesa vivamente:

—¡Oh!, lo que es en esa cuestión—dice una de ellas y no sin cierto entusiasmo— mi marido es un bárbaro. Cuando tiene ganas de... bailar, no se preocupa de saber si a mí me ocurre otro tanto y, quiera que no, tengo que hacer su santa voluntad.

—He ahí una cosa que yo no toleraría—replica la otra con gran dignidad— El mío es, gracias a Dios, mucho más delicado. Como no dormimos en el mismo cuarto, siempre que quiere..., ya me comprendes, viene a llamar a mi puerta y... silba un poco. En seguida me doy cuenta, es claro, y corro a abrir.   ..

—Es muy curioso, en verdad; pero dime: algunas veces ocurrirá que eres tú la que tiene ganas de recibir la visita, ¿no?, y entonces ¿qué? ¡Porque no está bien que vayas a buscarle!

—¡Oh, no!... Qué cosas tienes... Me moriría de vergüenza. En estos casos doy unos golpecitos en el tabique y pregunto: "Juan, Juan, ¿has silbado, verdad?"

—

> La dulce boca que a gustar convida
> un humor entre perlas destilado
> y a no envidiar aquel licor sagrado
> que a Júpiter ministra el garzón de Ida,
> amantes, no toquéis si queréis vida,
> porque entre un labio y otro colorado,
> Amor está de su venero armado,
> cual entre flor y flor sierpe escondida.
>
> No os engañen las rosas que al aurora,
> diréis que aljofaradas y olorosas,
> se le cayeron del purpúreo seno;
> manzanas son de Tántalo y no rosas,
> que después huyen del que incitan ora,
> y sólo del Amor queda el venero.

(GÓNGORA)

—

El señor cura llega junto a un grupo de niños que, en medio del arroyo, se entretienen en construir una casa con cuantos elementos naturales hallan a mano: un poco de tierra, poca, y un mucho de boñigas de buey, que al decir de los pequeños albañiles es lo que mejor *agarra*.

Cuando el señor cura está a su lado, se detienen sonriendo, y él se dirige a ellos paternalmente:

—Hola, hijitos; buenos días... ¿Qué estáis haciendo?

—Una iglesia, señor cura—responde el más atrevido.

—¡Ah!, muy bien... ¿Y esto qué es?

—El corral de atrás.

—Y esto la casa del sacristán.

—Y esto... — Ya todos quieren hablar a la vez.

—Muy bien, muy bien, hijos míos; pero... ¿Y el señor cura? No le veo... ¿Es que no le habéis hecho?

—No teníamos más mierda...—responde el más pequeño.

—

> Juana, pues que no dais cabo
> al tormento en que me veis
> y de ordinario volvéis
> a mis lástimas el rabo,
> temo que queráis dinero;
> si es cierto lo que refiero,
> bien podéis, de aquí adelante,
> besarme en el consonante
> que tiene el verso primero.

(Baltasar de Alcázar)

—

Un hombre y una mujer se presentaron ante el Consistorio con ánimo de obtener el divorcio. Los jueces quisieron saber el motivo en que fundaban tal petición. Y el hombre tomó la palabra:

—Se trata de aquello, ciudadanos... Si fuese... —dijo, formando un redondel con el pulgar y el índice de su mano derecha—; o siquiera fuese... —y marcó otro redondel mayor con ayuda de los pulgares e índices de ambas manos—; pero es... —continuó, mostrando el hueco para su cabeza destinado en su sombrero—; y, ¿quién es capaz de llenarlo?

En seguida habló la mujer:

—Se trata de... lo suyo, ciudadanos. Si fuese...

—dijo, señalando a su antebrazo—; o por lo menos fuese...—y presentó el puño cerrado—; pero es... —añadió, mostrando el meñique—; y ¿quién diablos se contenta?

En vista de que no había medio de ponerlos de acuerdo, se les concedió lo que pedían.

(Princesa Palatina)

—

> No sé por qué a punto fijo
> una pendencia ruidosa
> tuvo Ambrosio con su esposa;
> y el juez les llamó y les dijo:
> —¡Entre esposos esto es mengua!
> Córtese al punto el negocio.
> —¡Eso no¡—repuso Ambrosio—.
> Antes me corten la lengua.

—

En casa de un solterón se presenta una criada buscando acomodo. Es elegante, fina, viste bien y se expresa fácilmente.

El caballero, después de preguntarla sus habilidades, la ofrece diez duros al mes.

—Es poco, señor; gano veinte.

—¡Veinte duros! ¿Pero no dice usted que no sabe planchar ni repostería? ¿Cómo justifica usted ese sueldo?

— Soy estéril—respondió simplemente la muchacha.

Y fue admitida.

—

> Al bosque fue Inés por rosas
> una mañana de mayo;
> cogióla un cierto desmayo
> divertida en ciertas cosas.
> ¿Qué desmayo ése sería?
> Juguete acaso de amores;
> y es que cuando fue por flores
> perdió la que ella tenía.

(J. Iglesias)

—

Cierta señora con pretensiones de literata, envió cierto día al chispeante Ventura de la Vega el manuscrito de una novela, con la pretensión de que el célebre autor dramático lo leyera sin saltarse una línea. Mas, apenas empezado el manuscrito, se enredaba en un diálogo entre dos amantes perdidos en medio de un bosque solitario, diálogo que después de veinte páginas no tenía trazas de acabar...

Ventura de la Vega devolvió la novela a su autora con una carta que decía:

"Mi distinguida señora: Hágame usted el honor de venir conmigo al fondo de un bosque cualquiera, y verá usted cómo no tenemos necesidad de hablar tanto para entendernos."

———

Cuentan que, en cierta ocasión
que el sueño rendía a Justo,
su bella esposa, por su gusto.,
le gritaba: —¡Dormilón!
Mas, como el hombre se asía
de la silla y no escuchaba,
ella se la meneaba
cada vez que se dormía.

———

El poeta Baudelaire, obligado a cenar en casa de unos burgueses, cuya compañía e inespiritualidad detestaba, preguntó con exquisita cortesía al dueño, que tenía tres hijas:

—¿Y cuál de estas tres señoritas, caballero, destina usted a la prostitución?

———

A solas Juan con Lucía
no sé qué hacían los dos,
que ella dijo: —¡Ay, Santo Dios,
qué mano tienes tan fría!...
Cuando ella, así de repente
fría la mano encontraba,
lo que Juanito tocaba
¿sería frío o caliente?...

———

Estando los recién casados en plena luna de miel en la Costa Azul, la suegra se entera, con la inquietud natural, que fuertes temblores de tierra agitan la bella región.

Es lógico, pues, que, a pesar de las cartas cruzadas, apenas llegan los tiernos esposos pregunte, aún asustada, a su hija:

—Dime, hija, ¿luego fue cierto lo de los terremotos?

—¡Ya lo creo! Estábamos en Niza, cuando de pronto, a medianoche... ¡crac!, ¡el techo que se nos viene encima!

—¡Qué horror! ¡Qué poco me lo dijiste! ¿Pero te heriría?

—¡No; bobita! Fue a Alberto a quien le cayó sobre la espalda.

—

A su esposa reprende don Torcuato,
porque rompió la pobrecita un plato,
Y olvida ese censor intransigente
de la torpeza ajena,
que él mismo, en la comida antecedente,
estrelló, por descuido, una docena.
Qué bien dijo Platón: —¡Todos tenemos
pelitos en el culo, y no los vemos!

(X)

—

Casimira, una muchachuela de trece años, lleva la vaca a casa de Colás, dueño de un magnífico toro.

El señor cura, que conoce a Casimira desde la escuela y que hace nada aún que la tuvo en la doctrina, preparándola para la Primera Comunión, se encuentra con ella y, luego que la niña le ha saludado y besado la mano, la pregunta:

—¿Adonde vas por aquí, hija?

—A llevar esta vaca al toro, señor cura.

El señor cura mueve la cabeza disgustado: —¡Mira que enviar a una niña a esta faenita!...—piensa.

—¡Pero es tu padre quien debía hacer eso, mujer!

—¡Oh!... Qué cosas tiene usted, señor cura—responde ingenuamente la muchacha—, ¿no comprende usted que tiene que ser el toro?...

Dije ayer al Padre Arenas: —
¿Do vais tan ligero?... ¿Dónde?
Y veis aquí que responde:
—A oír pláticas obscenas.
Pues he de ver con quién trata,
díjeme para mí adentro;

conque le busqué, y le encuentro
confesando a las beatas.

(C. NAVARRO)

—

Un amigo se encuentra a otro por la calle que marcha todo preocupado, la cabeza baja y las manos a la espalda.

—Pero ¿qué tiene usted, amigo mío? Buenos días. ¿Algún disgustillo? Parece usted apesadumbrado.

—¡Como que mi mujer está encinta!

—¡Felicidades, entonces! ¿Y por eso se preocupa usted?

—Es que me pregunto de quién puede ser...

—

—¿Con que tu esposa querida
ha pasado a mejor vida?—
le dijeron a Guillén,
y añadió el tuno, en seguida,
por lo bajo: —Y yo también.

—

LA OPINIÓN PÚBLICA
QUE TANTO PREOCUPA...

Ya nadie se acuerda, ¡pícaro mundo olvidadizo!, de un excelente actor, Zamacois, que no ha muchos años hacía las delicias de nuestros abuelos.

Pues bien; este actor, que a ratos y por afición era poeta, pero que ni como una cosa ni como otra se hacía ilusiones, pues sabía muy bien que lo que se suele llamar *el gran público* es estúpido y despreciable, no obstante dar aplausos y dinero, apostó un día a que se haría aplaudir recitando en escena los versos más idiotas que exprofeso pudieran imaginarse. Y, en efecto, compuso la siguiente majadería, y aquella noche misma, para corresponder a los entusiasmos de los que se deshacían las manos aplaudiéndole, avanzó hacia las candilejas, extendió la mano, reclamó silencio, tosió, engoló la voz y soltó la estupidez siguiente:

Jamás el miedo fue valiente,
y toda música tiene sus bemoles.;
pero esta España será siempre esta España
y los españoles serán siempre españoles.

Apenas hubo acabado, la sala entera estalló en un aplauso unánime, y fuerza le hizo repetir sus versos.

> Esta niña bellaca o aca bella,
> en quien tanto picado amante pica,
> está empachada, porque desde chica
> no pudo digerir el ser doncella.
> Que no conoce hombre, dice ella;
> mas, como a cuantos ve su amor publica,
> que solo no ha llegado, se replica,
> el que no la conoce a conocella.
> Hipócrita su talle al abultalle,
> contando en ocho faltas mil excesos,
> de sus anchuras se ha vestido el talle.
> —Oye de ti, palera, tus progresos:
> ¿qué importa que en la boca la voz calle,
> si en el vientre, ¡oh Beatriz!, te hablan los huesos?

(F. DE LA TORRE)

—

Gran comida en casa del general. La joven y bella generala, una preciosa mujercita que tiene fama de burlona y aun de atrevida, preside, teniendo a su derecha al señor obispo y a su izquierda a un médico notable que había llegado de la corte a dar unas conferencias, hombre también atrevido y de ingenio y en cuyo honor se da la comida.

—Doctor—pregunta la generala entornando sus bellos ojos—, ¿no es cierto que todo médico es también un poco veterinario?

—Según quién le consulta, desde luego, señora mía.

—¡Oh!...—la linda mujer se muerde los labios. Es mucho enemigo el doctor. Y por enmendar lo que no tiene enmienda, añade, volviendo a sonreir.

—Es que, verá usted, amigo mío: yo tengo un gato que es un sueño, un morronguito monísimo, pero que se le cae el pelo; ¿de qué cree usted que será?

El doctor replica vivamente:

—¿Monta usted mucho en bicicleta, señora?

—

> Monforte un comercio abrió
> de cueros y se asoció
> a Ontiveros, hombre honrado;

pero a poco el desdichado
de un accidente murió.

Y viendo triste y sin norte
a la familia en la corte,
el bondadoso Ontiveros
siguió trabajando en cueros
con la viuda de Monforte.

———

Entre los consejos que la había dado antes de casarse su dulce y bondadosa mamá, el que no dejase fumar a su marido—fumador empedernido—en la cama, pues, sobre poner la alcoba de humo que era un asco, quemaría todas las sábanas, había sido de lo más recomendado y machacado.

Y como de tal palo tal astilla, ella, que si bien joven, apetitosa y monina, dentro de la cabeza tenía viruta prensada como su ya disforme progenitora, se las arregló de modo, por las buenas (gruñidos, protestas, malas caras, etc.), que el paciente marido dejó, en efecto, de fumar.

Pero; ¡ay!, que, como si su fuerza estuviere, no en el pelo como la de Sansón, pero sí en el tabaco, apagarse el último pitillo tolerado y apagarse todos sus entusiasmos por la linda gruñona fue todo una y la misma cosa.

Y así un día, y otro y otro...

Hasta que cierta noche en que ella revolvíase impaciente dispuesta a saltar (a saltar sobre él, naturalmente) y a reclamar sus derechos, él, haciéndose el dormido y como quien sueña, empezó a salmodiar entre dientes la siguiente cantinela:

—El caso es que si yo tuviera un cigarrito... me lo fumaría... y quedaría tan a gusto que me volvería hacia mi mujercita... y la pagaría mi deuda incluso con atrasos.... y la haría... y la dejaría de hacer...

—¡Paco! ¡Paco!...

—¿Qué? ¿Qué quieres?—dijo el falso durmiente, fingiéndose sobresaltado.

—¿Dormías?

—¡Claro, mujer! ¿Para qué me despiertas?

—Para darte una sorpresa, ¡bobo! Toma...—y puso en sus labios un pitillo, extraído a toda prisa de la pitillera que le arrebató aquella noche aciaga. Luego, ella misma le dio lumbre, pues para dar tenía de largo, y cuando el bueno de Paco hubo gustado, y saboreado su cigarrito...

A la siguiente mañana, apenas el ya dichoso salió con el pitillo en la boca hacia sus quehaceres, la bondadosa suegra consejera se encaró con su hija:

—¿Y qué? ¿Anoche tampoco?...

—¿Anoche?... ¡Como un rey!

—¿De veras? ¿Y cómo ha sido eso? ¿Qué has hecho?

—Pues simplemente darle un pitillo...

La dulce mamá salió disparada como alma que lleva el diablo y, tal cual se hallaba, echó escaleras abajo.

—¡Pero, mamá!... ¡Mamá!... ¿Te has vuelto loca? ¿Dónde vas?

—¡A comprarle a tu padre un mazo de puros, que hace lo menos seis años que no fuma en la cama!

———

> Tomando el té una marquesa
> con su fiel palafrenero,
> le suplicó a un caballero
> la acompañara a la mesa.
> Y el joven le contestó,
> listo y veloz como un rayo:
> —En donde moja el lacayo,
> señora, no mojo yo.

———

Cosas de niños, que ponen en unos compromisos con sus preguntitas...

Inés, la dulce Inesita, que, a pesar de sus quince muy cumplidos y rellenitos, es inocente y tierna como una corderilla, suele poner a su madre en apuro con harta frecuencia a fuerza de querer salir de la graciosa ignorancia que la hace doblemente apetitosa.

—Mamá—la preguntó cierto día—, ¿qué es eso de pederasta, que se oye con tanta frecuencia?

—No sé, hijita, no sé; déjame en paz; eres un molino preguntando...

Pero su hermano, un muchacho espigadito y sabio en muchas cosas que nadie sabe quién se las ha enseñado, la sacó de la duda apenas salió la mamá.

—Un pederasta, boba, es un individuo que se obstina en poner en masculino lo que debe ser puesto en femenino.

Aquella misma noche hubo banquete en la casa. Y entre los invitados cierto nuevo rico a quien el papá de Inés tenía gran empeño en interesar en ciertos negocios que no hacen al caso.

Y como suele ocurrir, el tal individuo hablaba y hablaba con una frescura y una seguridad sólo comparable a su falta absoluta de letras.

—Pues a mí no me gusta ese muchacho—decía, refiriéndose a cierto amigo de todos los presentes—; no me gusta porque no es franco. Jamás se sabe lo que piensa. Es *un verdadero* esfinge.

—Una esfinge—salta Inés, rectificándole, sin poderlo remediar.

El asno de oro se vuelve hacia ella sin haber comprendido y añade con su mejor sonrisa:

—Eso digo, Inesita: es el más insondable de *los* esfinges.

—¡Ah!, es curioso—replica la cándida niña, poniendo por testigo a todos—, ¡y yo que no sabía que este caballero era pederasta!

———

Estaba una fregona por enero,
metida hasta los muslos en el río,
lavando paños con tal arte y brío,
que mil necios traía al retortero.
    Un cierto conde, alegre y placentero,
le preguntó por gracia si hacía frío;
respondió la fregona: —Señor mío,
siempre llevo conmigo yo un brasero.
    El conde, que era astuto y supo dónde,
le dijo, haciendo rueda como el pavo,
que le encendiese un cirio que traía.
    Y dijo entonces la fregona al conde,
alzándose las faldas hasta el rabo: —
Pues sople este tizón su señoría.

(QUEVEDO)

———

El muy reverendo Padre Benítez, que tenía absoluta precisión de llegar aquella noche misma a Vitoria, pues al siguiente día predicaba el primer sermón de feria, encareció muy mucho al revisor que no dejase de despertarle al llegar a dicha población.

—Como he estado en vela estas noches pasadas— era mucha verdad, y allí en su bolsillo estaban las apuntaciones para las pláticas religiosas que habíanle quitado el sueño—, tengo la seguridad de que voy a quedarme roque con el meneíto del tren, ¿comprende usted? Pero, como por otra parte, el pasarme de Vitoria me causaría un gran perjuicio, usted me llama; pero sin compasión, pues tengo un sueño muy duro. Y aunque yo proteste, me incomode y hasta le diga alguna palabra malsonante, usted no hace caso y, por las buenas o por las malas, me apea y en paz.

Y para moverle eficazmente a cumplir encargo de tanto interés, puso en su mano, discretamente, dos monedas de a duro.

Y en efecto, apenas el tren echó a andar, echó a roncar nuestro buen páter, y ronca que te ronca vino a despertar cuando un mucho cruzar vías rompió su sueño, ya flojo tras de varias horas descansadas, y cuando el sol, entrando de lleno en el departamento, le indicó que ya era muy día claro, y en fin, cuando el tamaño de la estación y el apearse de todos los viajeros le hizo comprender con espanto creciente que estaba no en Vitoria, sino en Madrid.

Lo que pasó después, lo que dijo al revisor, al que alcanzó en pleno andén, y lo que le hubiera hecho si no se le quitan de entre las manos, no es para contarlo en breve trecho. Fue el propio fogonero, hombre negro y radical, quien, extrañado, dijo al revisor, que en medio de la borrasca había guardado una calma sobrehumana:

—¿Pero después de todo lo que te ha largao te quedas así? ¡Si es a mí!... ¡Mi madre! ¡Y un sotana!...

Y como muchos de los presentes fuesen de la misma opinión, dijo al fin el revisor, acabando de colocarse bien la ropa:

—¡Si les digo a ustedes, sin ofender a nadie, que el que tiene que tratar con el público...!

—Pero, hombre, es que le ha dicho a usted...—intervino uno.

—¡Anda!... ¡Pues si hubieran ustedes oído a otro a quien bajé ayer a medianoche en Vitoria!...

—

Lamentábase el pobre don Servando
porque cagaba blando,
y a los diablos se daba don Arturo
porque cagaba duro.

En el mundo, ¡oh lector!—¡es cosa fuerte!—,
ninguno está contento con su suerte.

—

En cierto pueblo de los Pirineos existe un juego llamado de "bolones," que es un simple juego de bolos como los que se usan en las Vascongadas, ponía diferencia que el aumentativo le va a maravilla, pues bolos y bolas son de mucho mayor tamaño, tanto, que éstas se arrojan a dos manos.

En el mismo pueblo había un cura que, por no desmentir sino a medias la máxima que reza que la carne es flaca, si bien era gordo y rollizo como un elefante, estaba en la mejor armonía con la molinera. Justo es decir también que el marido cornudo no recibía con ello sino parte de lo que merecía, pues si en la comarca había un bribonazo de marca, éste era él. Embustero, ladrón de harina, vendedor con fraude...; por tener todo lo malo, ni a la iglesia iba hacía lo menos un lustro.

Claro está que todo esto hubiera interesado muy poco a nuestro cura con tal de haber podido ver a su querida con más frecuencia, mas como el pícaro tenía su negocio en casa y rara vez salía, rara vez también se veían los amantes.

Por lo que un día, acabada la misa, el cura llamó aparte a la molinera y le dijo:

—Mira: se me ha ocurrido un medio para que podamos pasar juntos una noche entera. Pero para ello es preciso que tu marido se venga a confesar. Conque despacha, y a ver cómo pones en juego todas tus artes para conseguirlo.

¡Lo que la mujer quiere, Dios lo quiere! Tras largas y reñidas discusiones; después de haberle reprochado su conducta descreída; el daño que por ella le sobrevendría en el cielo, y sobre todo en lo que a la tierra respecta, por lo mucho que ganaría y prosperaría al volver a atraer perdidos clientes con sólo cumplir una vez al año con la iglesia, consiguió al fin persuadirle, y allá fue un buen día, nuestro molinero, a confesar.

Y ni que decir tiene que a tales pecados, tal penitencia.

—Esta noche, cuando nadie te vea, para que no tengas que avergonzarte, aunque a pública luz, como has pecado, deberías hacerlo, irás a por un "bolón", y poniéndolo al empezar la cuesta del camino de San Juan lo subirás hasta el Escalarillo (hasta donde la cuesta cedía) a patadas.

La cuesta tenía cuatro kilómetros; el "bolón" pesaba quince kilos. ¡Era una penitencia!

Y, en efecto, aquella noche nuestro molinero llegó al pie del camino de San Juan con su "bolón", lo dejó en el suelo y a patada limpia empezó a hacerlo subir. Pero era más trabajo que lo que parecía, ¡y parecía mucho! Porque no era sólo la cuesta y el peso de la bola, sino que en cuanto se descuidaba, ésta, por la mucha pendiente y peso, escapaba cuesta abajo, y al cabo de una hora estaba sudando y renegando en el mismo punto del que veinte veces había partido. Tan sudando y rendido, que enviando al diablo penitencia y cura, cargó con el "bolón" y echó camino del molino.

Entretanto, el cura y la molinera se habían refocilado durante hora y media, y en el momento de llegar el marido a la cerrada puerta, estaban junto al fuego, ligeritos de ropa y reparando fuerzas lo más en amor y compañía del mundo.

Todo esto, y algo más que callamos, vio el molinero por la cerradura, y hasta oyó en el mismo instante de empujar la puerta, cómo su mujer decía, con el mayor entusiasmo y admiración, contemplando cierto paisaje del padre cura:

—¡Menuda cosecha tendríamos, ¿eh, curilla?, si todas las espigas fuesen tan gordas como ésta!

—¡A no ser que cayeran granizos como éste, gran zorra!—exclamó el molinero, lanzando el "bolón" con tan envidiable acierto, que es fama que el páter tuvo para tres meses de cama y para nueve más de andar con muletas.

—

A un zapatero reñía
don Facundo Peñalosa,
furioso al ver que a su esposa
el zapato no venía.
—Ella la culpa se tiene
—el zapatero exclamó—;
en metiéndoselo yo
verá usted cómo le viene.

—

El señor duque (el duque de Orleáns)—decía la princesa Palatina—fingía siempre ser muy devoto. Una vez me hizo reír de muy buena gana. Tenía la costumbre de acostarse con un rosario, al cual había colgado una porción de medallas y del cual se servía para hacer sus rezos antes de dormirse. Y cuando terminaba, oía siempre el estrépito de las medallas como si las arrastrase de un lado para otro debajo de las sábanas. Hasta que un día le dije:

—Que Dios me perdone si soy mal pensada; pero... sospecho que paseáis todas esas reliquias y medallas, señor duque, por un país que no les es conocido.

El señor duque me respondió:

— ¡Cállese y duerma! No sabe usted lo que dice.

Pero una noche me levanté sin hacer ruido, puse la lámpara de modo que iluminase bien el lecho, y en el momento que paseaba sus medallas bajo las sábanas tiré de ellas, al tiempo que le sujetaba el brazo, y le dije riendo:

—Ahora creo no os atreveréis a negarlo.

El señor duque se echó también a reír, y replicó:

—Usted, que ha sido hugonote, no sabe bien el poder de las reliquias y de las imágenes de la Santa Virgen para librar de cualquier mal a las partes contra las que se frotan.

Yo respondí:

—Perdóneme, alteza, pero no me persuadiréis fácilmente de que se honra a la Virgen paseando su imagen sobre lo que está destinado a quitar precisamente la virginidad.

Su alteza no pudo contener la risa, y dijo:

—Le ruego a usted que no se lo diga a nadie.

—

Hincaba un clavo Sofía,
y es claro, el clavo no entraba
porque siempre tropezaba
contra la mampostería.
    Y Luisito, que esto vió,
se la ofreció placentero,
diciendo:—¿A que hace agujero
como se lo meta yo?

(G. ALONSO)

—

Durante las vacaciones, el marido, empleado en una casa donde hacen semana inglesa, corre un sábado a reunirse con su mujer, que pasa los calores en un pueblecillo de la Sierra. Como solo se ven cada ocho días, celebran el estar juntos con tan vivas muestras de satisfacción, que el huésped del departamento contiguo da unos golpes en la pared y exclama, furioso:

—¡Vamos, canario! ¡A ver qué va a ser esto! ¡Mire usted que es mucho que todas las noches hemos de tener el mismo escándalo!.

—

Sancha ha dado en engordar
con enfermedad tan mala,
que ya la carne le sobra
aunque la sangre le falta.
Del galán con que está en vela
solo por verse alumbrada,
estima tanto las cosas
que las mete en sus entrañas.
Cúlpase a sí conociendo
que, aunque de su mal es causa,
ella le ha tomado cargo
por echarse con la carga.
La secretaria que siempre
le trae la llave del arca,
no para hasta verla abierta
solo porque Sancha para.
El beber agua la opila;
mas ¿Cómo no ha de opilarla,
si el aguador que la trae
en su casa la descarga?
Mucho es que sin ser fría
aun el agua destilada,
por alambique al instante
en el vientre se la cuaja.
Ya no le viene la almilla,
porque el cuerpo de su alma,
al entrar no sé por dónde,
ella ha quedado más ancha.
No la mira de ordinario
el amante que la trata,
después que de puro honesto
la pudo al fin hacer casta.
Acaríciala el marido,

pensando que es muy honrada,
que como la ve tan gruesa
no puede creer que es flaca.
Llévalo el galán a Toro
cuando metiéndola en Braga,
por sacarla de Castilla
deja su honor en la Mancha.
A palmos la engorda el gusto
de echarse sin ser rogada,
porque Sancha si se extiende
también su galán se ensancha.
El infante de su sangre
al rey ciego, así que nazca,
lo que ella cobra en derechos
tiene de pagar en parias.
Como le falta la regla,
con malicia algunos hablan,
que la opilación la hace
ser mujer poco arreglada.
Después que el signo segundo
tomó del sexto la casa,
Capricornio la acaricia
y Géminis la embaraza.
Que está cerca de parir
saben todos, porque Sancha,
aunque se precia de hermosa
ha descubierto sus faltas.

—

El obispo de Durham tenía la poco limpia costumbre de tener continuamente una mano en el bolsillo de su pantalón. Un día entró en la Cámara de los Pares llevando un proyecto de ley en beneficio de las viudas de los oficiales, y siempre con una de sus manos escondida en el pantalón, subió a la tribuna y dijo, dirigiéndose a sus honorables colegas:

—Milores, tengo en mi mano con qué hacer felices a las pobres viudas de los oficiales muertos en la guerra.

El duque Warton le interrumpió al instante, preguntando:

—¿En qué mano, milord?

—

En vano forcejeaba
doña Carmen Garabato
para meterse el zapato,
pues la tela se rasgaba.
Viendo que a mares sudaba,
dijo el torpe zapatero:
—¡Siempre tan poco certero!
Acérquese usted a ver
si se lo puedo meter
sin abrir más agujero.

(E. ANGULO)

———

Habiendo muerto el duque de Vendome, el rey Luis XIV confió el gobierno de Provenza, que aquel príncipe había tenido, al mariscal Villars, que incluso fue hecho duque y par.

Y se cuenta que, habiendo ido a tomar posesión de su gobierno, los diputados de la provincia le ofrecieron una bolsa repleta de monedas de oro.

—He aquí, monseñor—le dijeron—, una bolsa semejante a la que ofrecimos al señor duque de Vendome cuando, como vos, llegó a hacerse cargo del gobierno de nuestra provincia. Ahora que aquel ilustre príncipe rehusó el tomarla...

—¡Ah!—replicó el mariscal Villars, cogiendo la bolsa y guardándosela tranquilamente en el bolsillo

—¡Realmente el duque de Vendome era un hombre inimitable!

———

Tocaba Periquillo la vihuela,
y no había casada ni mozuela
que a bailar no empezase de contado
al escuchar el son y el punteado.
Decían con frecuencia las muy locas:
—Vamos, vamos, Perico, ¿qué nos tocas?—
Y se estaba Perico hecho unas gachas
horas muertas tocando a las muchachas.

(A. MARTÍNEZ)

———

UÑA RETIRADA HONROSA

Pues, señor, realmente aquello no se podía tolerar. Los señores espermatozoides estaban que trinaban, y el caso no era para menos. Figúrense ustedes qué clase de burla representaba sacarlos de sus casillas una y otra vez para luego, en vez de conducirlos a su natural destino, dejarlos en aquel bosque enmarañado y sudoroso de donde en seguida iban a parar al inhóspito lago de una fría jofaina.

—¡Esto no se puede consentir ni una noche más!—gritó el más exaltado de todos, ínfimo bichejo todo cabeza y cola, que había tenido la desdicha de perder varios millones de parientes en parecidas refriegas—. Este hombre despiadado desoyendo sus deberes, se retira en el momento en que, ávidos de cumplir nuestra santa misión, vamos a lanzarnos galería arriba, y, sobre robar a la especie, nos asesina, perdiéndonos en el laberíntico bosque que adorna la entrada del palacio. ¡Venganza, hermanos!

—¡Venganza! ¡Venganza!

—He aquí, pues, lo que vamos a hacer para vengarnos y burlarle: Esta noche, momentos antes de que llegue el instante de su retirada, nos precipitaremos por la brecha de tal modo, que cuando quiera darse cuenta ya esté cumplida nuestra obra y su desgracia; ¿estamos?

—¡Sí, sí! ¡Bravo! ¡Muy bien hablado! ¡Venganza!—aclamaron millones y millones de voces espermatozoicas. Y quedó convenido. Y llegó la noche. Y con ella la agitación precursora del cataclismo, y con la agitación, la nerviosidad de los espermatozoides, que, capitaneados por su jefe, pugnaban por salir en tropel.

—¿Ya?... ¿Ya?... ¿Ya?—gritaban mil voces impacientes.

—¡Ya!—gritó al fin aquel—. ¡No aguardemos más o estamos perdidos!—Y, adelantándose a todos, echó a grandes saltos hacia la salida del trepidante tubo que los contenía. Mas, de pronto, una sacudida general detuvo a los millones de valerosos asaltantes. El jefe, habiendo llegado al extremo del conducto, había visto un espectáculo que le hacía retroceder aterrado, gritando a plenos pulmones: —¡Atrás! ¡Atrás!... ¡Atrás, desdichados, que nos perdemos!... ¡Que nos vamos a la mierda!

———

LOS CALZONES
DE SAN FRANCISCO

A media noche horrendos gritos daba
una casada, y confesión pedía,
diciendo que a pedazos se moría
de un cólico que atroz la atormentaba.
Llamóse a un reverendo franciscano,
que era su confesor... y de antemano

estaba prevenido
para ver de pegársela al marido
y gozar con la dama sus placeres;
que esto discurren frailes y mujeres.
Luego que con la ninfa se halló a solas,
quitóse el reverendo los calzones
y, con el taco libre de prisiones,
le hizo, sin más ni más, tres carambolas,
y así que la purgó de sus pecados,
volvióse a su convento,
dejando los calzones olvidados;
pero el olvido recordó al momento,
y el lance claramente
contó al portero, y le dejó advertido
de una industria prudente
para evitar las iras del marido.
Entró luego en el cuarto de su esposa
el buen cornudo, y la primera cosa
que halló en el suelo fueron los calzones,
adornados de sucios lamparones.
Cogiólos, conoció la picardía,
y, rabioso, se fue a la portería
con intención formada
de dar al reverendo una estocada.
Llega, pues, y el portero y el paciente
formalizan el diálogo siguiente:
—Diga, hermano, ¿qué cosa solícita?
—Que hablar se me permita
a fray Pedro, el guardián.
—Ahora no puede.
—¿Por qué?
—¿Pues no sabéis lo que sucede
a la comunidad?
—¡Todo lo ignoro!
—¡Hermano, que ha perdido su tesoro!
—¿Cuál era?
—Una reliquia peregrina,
por la que hay en el coro disciplina.
—¿Cómo ha sido eso?
—Esta noche la han llevado
para una enferma, y la han extraviado
no sé de qué manera.

—¿Y esa reliquia era
la causa de tan grandes aflicciones?
—¡Si eran de San Francisco los calzones!
—¡Esa patraña cuéntesela a su abuela,
el fraile motilón, que acá no cuela!
Yo traigo aquí guardados
esos calzones puercos, muy usados,
de un fraile picarón, que, con vileza,
a mi honor ha jugado cierta pieza.
—¡Esos son!—el portero gritó ufano,
y se los quitó al punto de la mano,
diciéndole muy grave:
—¿Cómo en su mente cabe
tan injuriosa idea?
¿Pues acaso no sabe
que murió San Francisco de diarrea?

(SAMANIEGO)

—

El filósofo Marmontel aceptó la invitación que cierta dama le hizo de ir a pasar con ellos un día en una casa de campo de su propiedad, y la señora no sabía cómo agradecer al célebre escritor el honor que les hacía pasando aquellas horas en su compañía.

Deseosa de dar ella misma las órdenes para que la comida fuese digna de un huésped de tanta monta, le dejó solo con su hija, jovencita encantadora que acababa de salir de un convento. Pero, antes de alejarse, tuvo buen cuidado de encarecer muy mucho a la ingenua niña de hacer todo lo que estuviese de su parte para que el ilustre filósofo no se aburriese ni de su conversación ni de su compañía.

La niña no hizo las cosas a medias. Franqueando sin vacilar los límites de la complacencia, se mostró de una amabilidad tan incitadora, que el sabio, a pesar de toda su filosofía, se turba, se pierde y, olvidándose de todo, pasa súbitamente de las más puras filosofías a las más puras audacias... Por otra parte, la resistencia de la deliciosa jovencita era tan negativa que hubiera llegado a los más dulces y terribles extremos si, por fortuna, la madre no hubiese vuelto a tiempo. El ruido de sus pasos los contuvo a duras penas. Mas todo fue tan bien que no se enteró de nada la amable señora.

Es más; creyendo deber excusar a su hija, cuya timidez estaba segura de que habría aburrido al filósofo, dijo;

—Seguramente le habrá aburrido a usted mucho, maestro... ¡Es tan inocente!

—Todo lo contrario, señora. Tiene usted una hija sencillamente deliciosa.

—¡Oh!; es usted muy amable.

—No lo crea; tiene una inteligencia exquisita.

—Pura indulgencia de su parte...

—Pura verdad, amiga mía. No puede usted imaginar el placer con que estábamos juntos conversando... conversando, sí...

—¿Pero no oyes, hija? ¿Por qué no das las gracias al señor Marmontel? ¿No ves cómo lleva su amabilidad hasta fingir que ha estado muy entretenido en tu compañía?

—¡Bonito entretenimiento!—saltó al fin la niña, harta de oírse tratada de tonta— ¡No ha sido mal entretenimiento, y se ha hartado de tocarme los muslos con unas manos horriblemente frías!

—

—No así tu labio reproche
a tu mujer, Baltasar.
—¡Si me engaña a troche y moche!
Ponte, Luis, en mi lugar...
—¡Hombre, bien! ¿Desde esta noche?

—

EL DILUVIO

La cosa estaba decidida. Y para que ningún pecador escapase a la divina justicia, un diluvio anegaría el mundo y, cuando las aguas estuviesen quince codos por encima de las montañas más altas, el Señor descansaría tranquilo.

—Anda, Rafael—dijo el Todopoderoso, frotándose las manos—, acércate a la Tierra en un momento y dile a Noé lo que en mi alta sabiduría he decidido.

Y el Arcángel tendió el vuelo y, luego, planeando, fue a caer sobre el tejado de la casa del siervo de Dios. Pero, cuando hubo acabado de exponerle los propósitos del Altísimo, Noé empezó a rascarse la frente con las dos manos, signo indudable de que hallábase pensativo.

—¿Qué te pasa, hombre? ¿En qué piensas?—le preguntó el Arcángel.

—Pues en que todo eso está muy bien, aunque el hacer el arquita va a costar lo suyo; pero, ¿y después?

—¿Cómo después?

—Pues claro, en el arca;.porque, o yo estoy chocho o dime tú a mí si tantos días sin poder moverse y encerrados un par de animales de cada especie no es para inquietarse.

—No veo por qué.

—¡Pues cómprate unas gafas! ¡Qué diablo! ¡Se va a armar un folladero que va a ser el delirio!

—¡Ah!

—¡Ah!

—¡Calla, calla!... ¡Pues eso es grave!

—¡Dímelo a mí, que voy a tenerlo que aguantar!

—Vuelo a decírselo al Señor...—Y, tendiendo las alas, desapareció hacia das nubes.

Pero, ¿qué habrá difícil para la infinita sabiduría? Un cuarto de hora más tarde todo estaba resuelto, y el Arcángel bajó a contárselo a Noé.

—Les quitaremos a todos los machos la... fresa, ¿sabes?; se le dará a cada uno su chapa; tú haces un armario con unas perchas para colgarlas, y al salir, chapa que te doy, chisme que te pego, y en paz.

Y así fue hecho.

Y fue el diluvio, y los animales durante las interminables jornadas se aburrían como el acreditado choto, que por cierto se pasaba el día bostezando junto a la chota, que no se sabe por qué le había perdido el respeto, como, desde luego, todas las hembras a sus respectivos machos.

Todos andaban, sí, tristes y aburridísimos, como decimos, menos un animal: menos la mona. Esta, al contrario, jamás había estado tan alegre y sus risas y sus piruetas escandalizaban el arca. De tal modo llegaron a ser insolentes, que los animales de más categoría se reunieron en consejo y allá fueron el león, el tigre, el hipopótamo y alguno más a consultar caso tan insólito con el marido de la loca.

—Usted dispense—dijo el león, tomando la palabra—; pero es que nos extraña de tal modo la conducta de su esposa, que nos hemos dicho: ¡vamos a preguntar al señor mono qué diablos la hace para que esté tan contenta!

—Pues, hijo, no sé qué decirle a usted...

—Mire usted que en las circunstancias en que estamos y esa alegría desenfrenada...

—No, si razón tiene usted que le sobra por los bigotes. Pero... no sé... no sé...

—Vamos, piense, piense—dijo cachazudamente el hipopótamo.

—Ya pienso, pero... ¡Ah!

—¿Qué?—saltaron a un tiempo todos los de la comisión.

—Como no sea que le ha cambiado la chapa al elefante...

———

EL "DOMINUS TECUM"

En el pío ejercicio
de domarle la carne a una beata,
el reverendo padre fray Sulpicio,
práctico medicante en estos males,
la hacía cala y cata,
sabiendo, por el uso de su oficio,

que el cuidado primero en casos tales
siempre ha de ser descabezar el vicio.
    Érase el reverendo
un frailejón tremendo,
hombre de vello en pecho,
de estos de "dicho y hecho",
que en nada gastan calma:
en fin (aparte el alma),
un toro guardianés hecho y derecho.
    Con bravo empuje y con ardor frailengo,
el reverendo padre,
a la beata madre
daba con la de Rengo;
y a la sierva de Dios, en tal ataque
(o bien fuera del susto
o mejor con el gusto
de sentirse menear el badulaque),
se la soltó el zumaque,
quiero decir que se la fue el falsete
por el lado contrario
al que la acometía el dromedario.
    —¡Hola! ¿Quién tose?—dijo el padre maestro.
    —Nadie, padre maestro
    —respondió la beata remilgada—;
siga la santa obra; no fue nada,
sino que ya el influjo de la gracia
obra con eficacia;
prosiga sin cuidado;
nadie tose; soy yo, que he estornudado.
(Cada cual estornuda
por donde Dios le ayuda.)
Y diciendo y haciendo,
replicó el reverendo:
    —Si eso es estornudar, "¡Dominus tecum!"—
y la volvió a trastear el "vademecum".

(BARTOLOMÉ JOSÉ GALLARDO)

—

UN BUEN MACHO
DE CABRAS

El marido, ¡zas!, abrió la puerta y se encontró a su mujer arrugando las sábanas en compañía de un hombre que le era a él totalmente desconocido. Momento de sorpresa: el marido que queda indeciso y ellos que instintivamente se escabullen entre la ropa. Pero el primero en reaccionar fue el buen hombre, que, llegándose a la cama y levantando un poco la ropa, le pregunta a su mujer, que está toda asustada:

—¿Qué quieres: que te Mate o que te haga miedo?

—¡Hazme miedo!—murmura la culpable con un hilo de voz.

—Bueno—. Y acercando su cara a la de su mujer hizo con voz cavernosa: —¡Uummh! ¡Uummh! Ahora, usted vístase en seguida—le dice al otro.

El otro, temblando de puro miedo, se puso su ropa como pudo y, ya presentable, el marido le cogió por los brazos, se le cargó a las costillas y, saliendo con él, le llevó campo adelante su buen kilómetro y medio. Allí le descargó.

—¡Esto, por ser la primera vez!—le dijo con aire tremendo—. ¡Pero si le cojo a usted otro día, le llevaré más lejos!...

—

A NUESTRAS DULCES
COMPAÑERAS

Putas son luego en naciendo,
putas después de crecidas,
putas comiendo y bebiendo,
putas velando y durmiendo,
putas y no arrepentidas.

Putas por todos mesones,
putas por plazas y calles,
putas por esos cantones,
putas por los bodegones,
putas por cerros y valles,
putas por campos y ventas,
putas en paz y con guerra,
putas peleando hambrientas,
putas y nunca contentas,
putas por mar y por tierra,
putas moras en romance,
putas en griego y latín,

putas son a cada trance,
putas son sin perder lance,
putas viejas son al fin.

(SEBASTIÁN DE OROZCO)

—

—¡Qué horrible aventura!, ¡qué horrible aventura!—decía el buen Padre—. Cuando la recuerdo aún me entran sudores fríos.

"Era en Méjico, país, como ustedes saben, fértil en revoluciones y en que incluso en las ciudades no suele haber otra autoridad que la fuerza. Pues bien; salía yo una noche de casa de unos amigos, donde me había dejado jugando al tresillo hasta la última moneda, cuando, al cruzar una calle desierta de personas honradas, me atracan cuatro bandoleros pistola en mano:

—¡La bolsa o la vida!

Imagínense ustedes, amigos míos; ¡no llevaba ni un centavo para poder aplacar los malvados designios de aquellos granujas! Muy temeroso les dije:

—¡Mal caen ustedes! ¡No llevo, no llevo ni para hacer cantar a un ciego!

—Pues peor para ti—replicó el que parecía capitanear a aquellos forajidos—; si no tienes dinero te vamos a matar.

Y como yo juntase las manos en ademán de súplica, pues allí se mata a un hombre más fácilmente que aquí matamos una gallina, añadió:

—A menos que consientas...—Aún me avergüenza el recordarlo...—¡A menos que consientas...!

Breve, calculen ustedes mi desesperación: aquellos miserables, que por lo visto hacían lo mismo, como vulgarmente se dice, a pelo que a pluma, querían... ¡Horrible, amigos míos, horrible!... ¡Y si me negaba, era muerto!..."

—¿Y cómo salió usted de tan espantoso compromiso, Padre?—preguntó una de las damas que escuchaban ávidamente.

—¡Ay, hija mía!... Puede usted suponerlo, puesto que estoy aquí...

—

Un escritor de esta edad,
que es un pedazo de atún,
decía con seriedad:
    —Yo escribo para el común.—
Y decía la verdad.

(J. M. VILLERGAS)

—

Una señora muy coqueta se había liado con un vecino extranjero que no hablaba una palabra de su idioma y, por supuesto, ella del de él, ni una jota.

—¿Pero entiende usted lo que la dice cuando la... vamos, cuando la...?— preguntaba una amiga.

—Pero qué cosas pregunta usted, querida; en ciertos momentos somos capaces de entender a Einstein.

—

Subióse a un manzano Inés,
y observó con extrañeza
que de Pascual la cabeza
casi tocaba a sus pies.
—¿Qué miras?—le preguntó;
y él dijo, con faz astuta:
—Estaba viendo la fruta
que tanto a Adán le gustó.

(F. FOLZEDA)

—

—¿No sabes que Coralito está encinta?
—¿De veras? ¡Ya sé de quién es!
—¿Es posible? Pues mira, díselo y la harás un gran servicio.

—

Dijo Robustiana a Andrés:
—Yo no sé querer a dos—.
Y no le engañó, por Dios,
pues lo menos quiso a tres.

(R. PUENTE)

—

LECCIÓN DE ANATOMÍA

—Señor—el catedrático inclina la cabeza y mira la lista. Todos ven su nombre en la punta de aquella mirada. (La punta de la mirada: ¡qué figura más elegante me ha salido!)—, señor don Andrés Calasparra y del Río—, Don Andrés Calasparra ahoga una interjección, se rasca detrás de la cabeza, se incorpora del asiento lentamente y, luego de aconsejar a los compañeros que a ver si soplan fuerte, avanza y gana la tarima. —Vamos a ver... ¿Cuántos huesos tiene el cuerpo humano?

—¡Atiza!

—¡Cómo, atiza!...

—No, perdone usted... es que... aguarde un momento... ¡treinta y ocho!

El catedrático, indignado:

—¡Vaya usted con Dios!... Señor Alfeñique y Mansilla, don Cipriano.

Cipriano se cruza con su compañero.

—Chócala, Del Río. ¡Vaya conferencia!

—¡Amos, que te frían un kilo de tiza!...

El catedrático a Cipriano:

—Vamos a ver...—Elocuentes gestos de Cipriano al auditorio. De pronto, un pedazo de barra de Viena le da en la córnea del ojo derecho.

—¡A ver si vamos a agachar todos!...

—¿Qué dice usted?

—No, nada; no, señor...

—Pues, sí, diga lo que no ha sabido el señor Calasparra. ¿Cuántos huesos tiene el cuerpo humano?

Mansilla hace un ligero cálculo, no sobre el posible número de huesos que atesora, sino sobre la probabilidad de acertar echando más que Del Río, y replica con un aplomo digno de mejor causa:

—Ciento... setenta.

—¡Pero, Señor!...—exclama el catedrático levantando los brazos al cielo y con tal tono de voz que saca de su apacible sueño a Hernández, el decano de la clase, que allá en el último banco dormitaba a sus anchas—. ¡Qué disparate! ¡Pero qué disparate! ¡Quítese usted de aquí! ¡No saber el número de huesos que tiene el cuerpo humano! ¡A ver!... ¡Dígalo usted, señor Céspedes!—Céspedes, el águila de la clase, ha remontado el vuelo tan alto en aquella ocasión que no acaba de caer, y permanece mudo. El catedrático llega al paroxismo de la desesperación—. ¿Ni usted siquiera, Céspedes?... ¿Pero es que no hay nadie que lo sepa?

Hernández, que a los gritos ha acabado de despertar, se levanta y exclama olímpicamente:

—Yo, don Isidoro.

—¡Gracias a Dios! ¡Baje usted aquí, hombre, baje usted aquí!

Hernández baja saboreando de antemano los honores del triunfo. El hecho es, por otra parte, tan insólito, a pesar de repetir Hernández la Anatomía por cuarta vez, que nadie da crédito a sus ojos. Por fin, Hernández alcanza la tarima.

—Aquí tienen ustedes al señor Hernández. Al señor Hernández, que les va a avergonzar a ustedes. Vamos a ver, diga, ¿cuántos son?

—¡Dos!—lanza Hernández con la seguridad del *croupier* que canta la bola.

Estupefacción.

—¿Dos?—pregunta el catedrático, atónito de puro furioso.

—¡Dos!—vuelve a repetir Hernández, imperturbable.

El catedrático, a punto de congestión, se levanta y sus puños golpean la mesa.

—¡Conque dos los huesos del cuerpo humano!, ¿eh?

—¡Ah! ¿Los huesos?... Yo había entendido los huevos...

—

EL PAÍS DE AFLOJA
Y APRIETA

En lo interior del África, buscaba
un joven viajero
cierto pueblo en que a todos se hospedaba
sin que diesen dinero:
y con esta noticia que tenía,
se dejó atrás un día
su equipaje y criado,
y, yendo apresurado,
sediento y caluroso,
llegó a un bosque frondoso
de palmas, cuyas sendas mal holladas
sus pasos condujeron
al pie de unas murallas elevadas
donde sus ojos con placer leyeron,
en diversos idiomas esculpido,
un rótulo que hacía este sentido:
"Esta es la capital de Siempre-meta,
país de afloja y aprieta,
donde de balde goza y se mantiene
todo el que a sus costumbres se conviene."
—¡He aquí mi tierra!—dijo el viandante,
luego que esto leyó, y en el instante
buscó y halló la puerta
de par en par abierta.
Por ella se coló precipitado
y vióse rodeado,
no de salvajes fieros,
sino de muchos jóvenes en cueros,
con los aquellos tiesos y fornidos,
armados de unos chuzos bien lucidos,
los cuales le agarraron
y a su gobernador le presentaron.

Estaba el tal, con un semblante adusto,
como ellos en pelota; era robusto
y en la erección continua que mostraba
a todos los demás sobrepujaba.
Luego que en su presencia
estuvo el viajero,
mandó le desnudasen, lo primero,
y que con diligencia
le mirasen las partes genitales,
que hallaron de tamaño garrafales.
La verga estaba tiesa y consistente,
pues, como había visto tanta gente
con el vigor que da Naturaleza,
también el pobre enarboló su pieza.
Como el gobernador en tal estado
le halló, díjole: —Joven extranjero,
te encuentro bien armado
y muy en breve espero
que aumentarás la población inquieta
de nuestra capital de Siempre-meta;
mas antes sabe que es el heroísmo
de sus hijos valientes
vivir en un perpetuo priapismo,
gozando mil mujeres diferentes;
y si cumplir no puedes su costumbre,
vete, o te expones a una pesadumbre.
—¡Oh! Yo la dejaré desempeñada
—el joven respondió—si me permite
que en alguna belleza me ejercite.
Ya veis que está exaltada
mi potencia, y yo quiero
al instante jo...
—¡Basta! Lo primero
—dijo el gobernador a sus ministros—
se apuntará su nombre en los registros
de nuestra población; después llevadle
donde se bañe; luego, perfumadle;
después que cene cuanto se le antoje,
y después enviadle quien le afloje—.
Dijo, y obedecieron,
y al joven como nuevo le pusieron,
lavado y perfumado,
bien bebido y cenado,

de modo que en la cama, al acostarse,
tan sólo panza arriba pudo echarse.
Así se hallaba, cuando a darle ayuda
una beldad desnuda
llegó y subió a su lecho;
la cual, para dejarle satisfecho,
sin que necesitase estimularlo,
con diez desagües consiguió aflojarlo.
Habiendo así cumplido
las órdenes, se fue y dejó dormido
al joven, que a muy poco despertaron,
presentándole luego otra hermosura
que le hiciese segunda aflojadura.
Esta, que halló ya lánguida la parte,
apuró los recursos de su arte
con rápidos meneos
para que contentase sus deseos,
y él, ya de media anqueta, ya debajo,
tres veces aflojó, ¡con qué trabajo!
No hallándole más jugo,
ella se fue quejosa,
y otra entró de refresco más hermosa,
que, aunque al joven le plació
por su perfección rara,
no tuvo nada ya que le aflojara.
Sentida del desaire,
ésta empezó a dar gritos, y no al aire,
porque el gobernador entró al momento,
y, al ver del joven el aflojamiento,
dijo en tono furioso:
—¡Hola! Que aprieten a este perezoso—.
Al punto tres negrazos de Guinea
vinieron, de estatura gigantea,
y al joven sujetaron,
y uno en pos de otro a fuerza le apretaron
por el ojo fruncido,
cuyo virgo dejaron destruido.
Así, pues, desfondado,
creyéndole bastante castigado
de su presunción vana,
en la misma mañana,
sacándole al camino,

le dejaron llorar su desatino,
sin poderse mover. Allí tirado
le encontró su criado,
el cual le preguntó si hallado había
el pueblo en que de balde se comía.
—¡Ah, sí, y hallarlo fue mi desventura!—
el amo respondió.
—Pues ¿qué aventura
—el mozo replicó—le ha sucedido,
que está tan afligido?.
En esta buena tierra
no puede ser que así le maltrataran.
—Mil deleites—el amo dijo—encierra,
y, aunque estoy desplegado, yo lo fundo
en que, si como aflojan no apretaran,
mejor país no habría en todo el mundo.

(SAMANIEGO)

—

Varias señoritas que paseaban por el campo encontraron a un pastor que llevaba un cabritillo al mercado.

Una de ellas se acerca, acaricia al animalito y dice a sus amigas:

—¡Mirad qué precioso!—y al pastor—: ¿Y cómo no tiene cuernos?

—Porque no se ha casado todavía—replica éste.

—

Solazábase Rufo, una mañana,
ante unas rosas de encendida grana.
Mas sintió un apretón...¡y entre esas rosas
tuvo que echar al aire entrambas posas!
¡Y, ¡ay!, esas flores de color de fuego
quedaron del color del ojo ciego!
Sin duda aquí se inspira
aquel antiguo adagio tan profundo:
—Las cosas de este mundo
son del color del ojo que las mira.

(X)

—

El conde de Valbelle, antiguo amante de madame d'Argenson, que, según decían, hizo más de un general en su alcoba, solicitaba del marido, ministro a la sazón, un empleo de categoría.

—No veo—le dijo Argenson—sino dos puestos que pudieran convenirle: el mando de la Bastilla o el de los Inválidos. Pero si le doy a usted el primero dirán que le envío a ella, y si el segundo, que es mi mujer quien le ha metido.

—

Es la mujer del hombre lo más bueno;
es la mujer del hombre lo más malo;
su vida suele ser y su regalo;
su muerte suele ser y su veneno.

Es vaso de bondad y virtud lleno;
y a un áspid libio su ponzoña igualo;
por bueno al mundo su valor señalo;
por malo al mundo su valor condeno.

Ella nos da su sangre, ella nos cría;
no ha hecho el cielo cosa más ingrata;
es un ángel y a veces una arpía.

Tan pronto tiene amor como maltrata;
es la mujer, en fin, como sangría,
que a veces da salud y a veces mata.

(LOPE DE VEGA)

—

La hermosura del señor de Bellegarde le ayudó grandemente a hacer fortuna cerca de Enrique III. Y un cortesano de su tiempo, al que reprochaban de no avanzar tanto como el otro, decía:

—¡Por Cristo!; no tiene nada de particular que Bellegarde avance de ese modo; le empujan tanto por detrás...

—

Con mucha coquetería,
enferma fingióse Ester,
porque la viniese a ver
un doctor que ella quería.
Este conoció la embrolla
cuando el pulso la tomó,

y dicen la prescribió
tomase caldo de polla.

(R. Zapata)

—

Leandro acaba de perder a su mujer y se presenta en la iglesia para hablar con el señor cura.

—Mi parienta acaba de doblarla, padre cura, y quisiera saber qué costarían unos funerales decentes.

—Cosa ya buena, hijo, desde cincuenta pesetas.

—¡La órdiga, diez duros!... Son muchos duros esos, padre cura. ¿De dónde los voy a sacar?

—Tratándose, hijo mío, de un caso como éste, creo que se puede acudir sin desdoro, qué sé yo... a los parientes, desde luego.

—¡A los parientes!... Parientes, lo que se dice parientes obligados no tengo más que una hermana, y se echó al mal camino.

—¡Ah, la pobre criatura!... De todas maneras, podría usted ensayar. Quizá el corazón no le tenga perdido del todo. Y además, ¡qué bella ocasión para procurar volverla a la buena senda!

—Lo que es eso, ni esperanzas. Es carmelita, y no me dejarán ni entrar en el convento.

—¿Carmelita? ¿Y dice usted, desdichado, que se echó a mal camino? ¡Pero no sabe usted que no podía haber escogido otro mejor! ¡Que es la esposa de Jesucristo!

—¿De veras?... Entonces mi asunto está arreglado. Haga usted los funerales y le presenta la cuenta a mi cuñado...

—

Yo sé un idiota letrado
que diera buen parecer
con sólo dar su mujer,
porque lo tiene extremado.
    Y yo sé quién por tomarla
por bueno el suyo tuviera,
que si la diera, le diera
y no lo da por no darla.
    Bien haya tal abogado
que no ha menester saber,
pues da, con dar su mujer,
un parecer acertado.

Aunque es letrado novel,
el parecer le codicio,
que si no vale en juicio,
a lo mejor saca de él.
Desvélese el más pintado,
que para mi menester
yo me arrimo al parecer
de la mujer del letrado.
Este es el que me conviene,
y su ración la señalo:
que mal podrá darle malo
la que tan bueno lo tiene.
Y a quien hubiere llegado
en pleito a merecer
tomar tan buen parecer,
dé el negocio por ganado.

(J. SALINAS)

—

El cobarde y sanguinario conde de Charolais sorprendió a M. de Brissac con su querida.

—¡Salid, caballero!—le dijo.

Brissac replicó sin moverse:

—Vuestros antepasados hubieran dicho: ¡Salgamos!

—

Casóse anoche Carrillo;
de novio pasó a novillo.

(E. GEMINARD)

—

—¿Qué le ha ocurrido a usted con X, que eran ustedes tan amigos y ahora no le saluda?

—Pues muy sencillo: que su mujer era mi querida y no me perdona que la haya dejado.

—

Si quieres ver el rostro más confuso,
mira a ese viejo griego, aunque no sabio,
de barba venerable, que el agravio
de su cabra mujer se la compuso.
    La cara es un estuche, donde puso
su herramienta la parca, amigo Fabio,
que tijera los dientes, rueca el labio,
estambre el bigote es, la nariz huso.
    Y porque la mujer, sumando antojos,
que en ceros de disculpas les despinta,
sus partidas escriba en sus cuadernos:
    La frente es salvadera en los dos ojos;
la cabeza tintero, el sudor tinta,
el cabello papel, plumas los cuernos.

(F. DE LA TORRE)

—

El duque de Guisa no ignoraba los amores de su mujer con un joven señor de la corte. Pero un buen día supo que tenía un segundo lío en la ciudad, y, encontrando al primer amante en el Louvre, cogiéndole por el brazo, le dijo:

—Querido amigo, me parece que mi mujer nos engaña.

—

Moza fui, gocé mi edad;
pero, cuando vieja fui,
otras gozaron por mí
su hermosura y libertad.
    Setenta años vi el sereno
cielo; gocélos a gusto:
los cuarenta con mi gusto,
los treinta con el ajeno.

(LOPE DE VEGA)

—

Cierto caballero a quien se tachaba de impotente, encontró un día a Quevedo, que varias veces le había hecho blanco de sus burlas.

—Me alegro encontrarle, para hacerle saber que, a pesar de sus... burlas, mi mujer acaba de dar a luz.

—¿Es que me he permitido yo dudar alguna vez que fuese capaz de hacerlo, señor mío?

—

EL INQUISIDOR
Y LA HECHICERA

A un viejo inquisidor es presentada
una hermosa mujer, que de hechicera,
sin más motivo que la envidia fiera,
ante su tribunal fue declarada.
    Al tenor de los cargos preguntada,
los niega todos: mas, con voz severa,
la comprimía el juez de tal manera
que la infeliz mujer, ya sofocada,
    —Ilustrísimo—clama—, esto es lo fijo:
yo de hechizos, señor, no entiendo nada;
éste es el solo hechizo que colijo—
dice, y alza las faldas, irritada;
monta él gafas, y al mirarlo, dijo:
    —¡Hola, hola! ¡Pues no me desagrada!

(IRIARTE)

—

EL TORMENTO DE LA FRUTA

Pues, señor, los dos pobres soldados estaban consternados, pues, prisioneros de los moros, les habían anunciado sus carceleros que apenas llegase el jefe de la cabila los someterían a tormento; cuando súbitamente se abrió la puerta de la mazmorra en que los habían encerrado y se presentó un morazo como un castillo, que sin más preámbulos, dijo a uno de ellos:

—¡Sígueme!

—Adiós, camarada—exclamó, abrazándose a su compañero, pues pensó que era llegada su última hora, y salió tambaleándose tras aquel castillo con chilaba.

Instantes después estaba en una especie de plazoleta a la sombra de unos árboles gigantescos, a cuyo cobijo el jefe hallábase sentado y rodeado de una buena docena de cabileños, no menos fornidos y gigantescos que el que le acababa de sacar de su encierro.

—Vamos a ver, perro cristiano—dijo aquél—, ¿cuál es la fruta que prefieres?

—¿La fruta que prefiero?—repitió, atónito, el pobre muchacho, pues lo que menos podía imaginar era que le hiciesen una pregunta semejante.

—¡Bien claro lo he dicho!

—Pues... pues... las cerezas.

—Perfectamente.

Instantes después uno de aquellos gigantes volvía con el turbante lleno de las exquisitas frutas y, obligándole de no muy buenos modos a que se bajase los pantalones, empezó a darle lo que en pocas palabras pudiéramos definir como una lavativa de cerezas. Pero por un procedimiento que no dejaba de tener originalidad, pues cada cereza le era introducida de un golpe mediante una cánula inmensa con que la Naturaleza había dotado al jefe de aquellos bárbaros.

Llevaría ya media libra de cerezas dentro del cuerpo, y se disponía el verdugo a ceder la vez, pues aún quedaban muchas, a otro de aquellos salvajes, cuando el pobre reo empezó a reír, pero de tal modo, que el oficiante le preguntó extrañado:

—¡Hola! ¡A ver! ¿De qué te ríes, granuja?

Y el muchacho replicó incorporándose y ametrallando el suelo:

—¡De que la fruta que más le gusta a mi compañero es la sandía!...

—

LOS GOZOS DE LOS ELEGIDOS

Iba un guardia de Corps, lector amado,
a más de medianoche apresurado
a su cuartel, y, al revolver la esquina
de la calle vecina,
oyó que de una casa ceceaban
y que, abriendo la puerta, le llamaban.
Determinó acercarse,
porque era voz de femenil persona
la que el lance ocasiona,
y, sin dudar, a tiento,
de uno en otro aposento,
callado y sin candil, dejó guiarse,
hasta que, al parecer, llegó la dama
donde estaba la cama
y le dijo: —Desnúdate, bien mío,
y acostémonos pronto, que hace frío.
El guardia la obedece,
metiéndose en el lecho que le ofrece,
cuyo calor benéfico al momento
le templa el instrumento,
y mucho más sintiendo los abrazos

con que en amantes lazos
la dama que le entona
expresiva y traviesa le aprisiona.
Entonces, atrevido,
intentó la camisa remangarla
y rijoso montarla;
mas quedó sorprendido
al ver que ella, obstinada, resistía
la amorosa porfía,
y que, si la dejaba,
también de su abandono se quejaba,
hasta que al fin salió de confusiones
oyendo de la dama estas razones:
—¿Cómo te has olvidado
del modo con que hemos disfrutado
siempre de los placeres celestiales?
¿Los deleites carnales
pudiera yo gustar inicuamente
cuando mi confesor honestamente
sabes que me ha instruido
de cómo gozar debe el elegido
sin que sea pecado?
¡Pues bien que te has holgado
conmigo en ocasiones
sin faltar a tan puras instrucciones!—
El guardia, deseando le instruyera
en lo que eran delicias celestiales,
dejó que dispusiera
la dama de sus partes naturales;
y halló que su pureza consistía
en que el varonil miembro introducía
dentro de su natura
por cierta industriosísima abertura
que, sin que la camisa se levante,
daba paso bastante
(como agujero para frailes hecho)
a cualquier recio miembro de provecho.
Con tal púdico modo
logró meter el guardia el suyo todo,
gozando a la mujer más cosquillosa
y a la más santamente lujuriosa.
Mientras los empujones,
ella usaba de raras expresiones,

diciendo: —¡Ay, gloria pura!
¡Oh celestial ventura!
¡Deleites de mi amor apetecidos!
¡Ay, goces de los fieles elegidos!—
El guardia, que la oía
y a su pesar la risa contenía,
dijo: —Por fin, señora,
no he malgastado el tiempo, pues ahora
me son ya conocidos
los goces de los fieles elegidos—.
Al escuchar la dama estas razones,
desconoció la voz que las decía;
mas, como en los postreros apretones
entorpecer la acción no convenía,
exclamó: —¡Ay, qué vergüenza! ¡Un hombre
extraño!...
¡No te pares!... ¿Se ha visto tal engaño?...
¡Ángel del paraíso...! ¡Qué placeres...!
¡Ay, métemelo bien, seas quien fueres!

(SAMANIEGO)

—

GRACIAS Y DESGRACIAS
DEL OJO DEL CULO

No se espantarán de que el culo sea tan desgraciado los que supieren que todas las cosas aventajadas en nobleza y virtud corren esta fortuna de ser despreciadas de ella, y él en particular por tener más imperio y veneración que los demás miembros del cuerpo; pues es mirado bien el más perfecto y bien colocado de él, y más favorecido de la naturaleza, pues su forma es circular, como la esfera, y dividido en un diámetro, o Zodíaco, como ella. Su sitio es en medio, como el del sol; su tacto es blando, tiene un solo ojo, por lo cual algunos le han querido llamar tuerto, y si bien miramos, por esto debe ser alabado, pues se parece a los cíclopes, pues que tenían un solo ojo y descendían de los dioses. El no ver es falta del amor poderoso, fuera de que el ojo del culo, por su mucha gravedad y autoridad, no consiente niña, y, bien mirado, es más de ver que los ojos de la cara, que, aunque no es tan claro, tiene más hechura. Si no, miren los de la cara sin una labor; tan llanos, que no tienen primor alguno, como el ojo del culo, de pliegues lleno y de molduras, repulgo y dobladillos, y con una ceja que puede ser cola de algún matalote, o barba de letrado o médico. Y así como cosa tan necesaria, precisa y hermosa le traemos tan guardado, y en lo más seguro del cuerpo, pringado entre dos murallas de nalgas, amortajado en una camisa, envuelto en unos dominguillos, envainado en unos gregüescos, habahado en una capa, y por eso se dijo: "Bésame donde no me da el sol". Y no los de la cara, que no hay paja que no los haga caballería, ni polvo que no los enturbie, ni relámpago que no los ciegue, ni palo que no los tape, ni caída que no los atormente, ni mal ni tristeza que no les enternezca. Lléguense al reverendo ojo del culo, que se deja tratar y manosear tan familiarmente de toda basura y elemento ni más ni menos; de más de que hablaremos, que es más necesario el ojo del culo solo que los de la cara, por cuanto a uno sin ojos en ella puede vivir; pero sin ojo del culo, ni pasar ni vivir.

Lo otro sábese que ha habido muchos filósofos y anacoretas que para vivir en castidad se sacaban los ojos de la cara, porque comúnmente ellos y los buenos cristianos los llaman ventanas del alma, por donde ella bebe el veneno de los vicios. Por ellos hay enamorados, incestos, estupros, muertes, adulterios, iras y robos. Pero ¿cuándo por el pacífico y virtuoso ojo del culo hubo escándalo en el mundo, inquietud ni guerra? ¿Cuándo por él ningún cristiano aprendió oraciones, anduvo con sinfonías, se arrimó al báculo, ni siguió a otro, como se ve cada día por falta de los de la cara, que, expuestos a toda ventisca e inclemencia, de leer a fornicar, de una purga, de una sangría, le dejan a un cristiano a buenas noches? Pruébenle al ojo del culo que ha muerto muchachos, caballos, perros, etc., etc; que ha marchitado hierbas y flores, como lo hacen los de la cara, mirando lo ponzoñosos que son, por lo que dicen que hay mal de ojo. ¿Cuándo se habrá visto que por ser testigo de vista hayan ahorcado a nadie por él como por los de la cara, que con decir que lo vieron forman sus calumnias los escribanos? Fuera de que el ojo del culo es uno y tan absoluto su poder, que puede más que los de la cara juntos. ¿Cuándo se ha visto que en las irregularidades se metan con el ojo del culo? Lo otro, su vecindad es, sin comparación, mejor, pues anda siempre, en hombres y mujeres, vecino de los miembros genitales, y así se prueba que es bueno, según aquel refrán: "Dime con quién andas, y te diré quién eres". Él se acredita mejor con la vecindad y compañía que tiene, que no los ojos de la cara, pues éstos son vecinos de los piojos y caspa de la cabeza, y de la cera de los oídos, cosa que dice claro la ventaja que les hace el serenísimo ojo del culo. Y si queremos sutilizar más esta consideración, veremos que en los ojos de la cara suele haber, por muy leves accidentes, telillas, cataratas, nubes y otros muchos males; mas en el del culo nunca hubo nubes, que siempre está" raso y sereno, que cuando mucho, suele atronar, y eso es cosa de risa y pasatiempo. Pues decir que no es miembro que da gusto a las gentes, pregúnteselo a uno que con ganas desembucha, que él dirá lo que el común proverbio, que para encarecer que quería a uno sobremanera, dijo: "Más te quiero que a una buena gana de cagar". Y el otro, portugués que adelantó más esta materia, dijo: "Que no había en el mundo gusto como el cagar si tuviera besos". Pues qué diremos si probamos este punto con un texto del filósofo que dijo:

"No hay contento en esta vida
que se pueda comparar
al contento que es cagar."

Otro dijo lo descansado que quedaba el cuerpo después de haber cagado:

"No hay gusto más descansado
que después de haber cagado."

Los nombres que tiene juzgarán que no hay misterio; bueno es eso. Dícese trasero porque lleva como sirvientes a todos los miembros del cuerpo delante de sí, y tener sobre ellos particularmente señorío. Culo, voz también compuesta que lleva tras sí la boca del que la nombra. Y ha habido quien le ha puesto nombre gravísimo y latino, llamándole antífonas o nalgas, por ser dos; otros, más propiamente, le llaman asentaderas; algunos, tancaylo, y no he podido ajustar, por muchos libros que he revuelto para sacar la etimología, lo más que he hallado es que se ha de decir trancahijo, por lo arrugado y pasado que siempre está.

Con más facilidad topé por qué se decía lindo ojo del culo, manojo de llaves, y por lo redondo del cabo y muchas molduras que hacen aquel mismo repulgo, y viene bien con los que llaman cofre al culo, que es darle cerradura, y en los animales vemos que la Naturaleza les cubre el culo con la cola, o rabo, para que, como parte más necesaria y secreta, estuviera acompañado, tapado y abrigado, y como mosqueador para de verano, y en las aves es lo mismo. Si miramos su ocupación, es hacer lo que ninguno nunca hizo ni pudo, pues en este mundo todos hemos menester a otros para ser proveídos. El alguacil, al corregidor; el corregidor, al oidor; el oidor, al presidente; el presidente, al rey. Pero el culo se provee a sí mismo, y aun en el presidente, servidor por otro nombre (que así llaman al bacín), cosa equívoca a los derretidos de las damas.

El culo no tiene cosa común, ni aunque me pruebes que hace cámaras, a imitación de otros muchos, pues lo que él hace son mojones, que son fin de términos, para dar a entender que en llegando al culo no has de pasar adelante.

Háceme fuerza que en las almonedas dicen: "¿Hay quien puje?", que ni sé si convidan a cagar (propiamente entonces puja) o a comprar. Conque es cierto que tiene grandes preeminencias cuando se valen de sus voces para otras cosas. Hasta los excrementos, o mierda (pasa adelante, para que no te empalagues con tan dulce plato), son de provecho, pues probablemente defienden los doctores galenistas y boticarios droguistas, son buenos para desligar Cárdeno y Alberto; los del lagarto, para los ojos; los de bestias, que llaman estiércol, es con lo que se fertilizan los campos, y a quien debemos las frutas; la del gato del Algalia, no hay que probar ni examinar cuánto es su valor y estimación; la mierda del buey, o boñiga, para inmensos remedios es provechosa. Esto probado y asentado, ¿habrá curioso alguno que diga que los ojos de la cara tengan alguna virtud? Luego el ojo del culo, él por sí solo es mejor y de más provecho que los dos de la cara.

Lo que dicen del culo (los que tienen ojeriza con él) es que pee y caga, cosa que no hacen los de la cara, y no advierten los cuitados que más y peor cagan los ojos de la cara y peen que no el del culo, pues ellos no hay sueño que no la caguen en cantidad de legañas, ni pesadumbre o susto que no meneen en abundancia las lágrimas, y esto sin ser de provecho como lo que echa el culo, como ya queda probado.

Lo del pedo es verdad que no lo sueltan los ojos; pero se ha de advertir que el pedo antes hace al trasero digno de la laudatoria que indigno de ella. Y para prueba de esta verdad digo que de suyo es cosa alegre, pues dondequiera que se suelta anda la risa y la chacota y se hunde la casa, poniendo los inocentes sus manos en figura de arrancarse las narices, y mirándose unos a otros, como matachines. Es tan importante su expulsión para la salud, que en soltarle está el tenerla. Y así mandan los doctores que no le detengan, y por esto Claudio César, emperador romano, promulgó un edicto mandando a todos, pena de la vida, que (aunque estuviesen comiendo con él) no detuviesen el pedo, conociendo lo importante que era para la salud. Otros dijeron que lo había hecho por particular respeto que se debe al señor ojo del culo. Llega tanto el valor de un pedo, que es prueba de amor, pues hasta que dos se han peído en la cama no tengo por acertado el amancebamiento; también declara amistad, pues los señores no cagan ni se peen sino delante de los de casa o muy amigos. Los nombres del pedo son varios, cuál le llama "soltó un preso", haciendo al culo alcaide; otros le hacen cuescos, y últimamente se llaman en verso, "entre dos piedras feroces, un fraile daba voces". Dejo de tratar de los pedos degollados, caballería de por sí bien manifiesta que da la grandeza del ojo del culo en este caso. Pues su fortaleza ¿quién la encarecerá?, si es tanta que de sólo limpiarse con un paño delgado se deja de modo por las dos partes que es más difícil de tomar que la inclusa.

Y volviendo a los demás sentidos, digo que lo que se queda en el pañuelo de la boca es gargajo, y lo de las narices moco, y lo de los ojos legañas, y lo de los oídos cera; pero lo que queda del culo en la camisa es palomino, nombre de ave regalada. Fuera de que los ojos no tienen cosa señalada con que limpiarse, que a veces piden el pañuelo prestado a las narices y a la boca. Mas volviendo al culo, ¡que de firmas de grandes señores ha iluminado! ¡Que de libros de hombres doctos ha gastado! ¡Que de billetes de damas ha firmado! ¡Que de procesos importantes ha manchado, y que de camisas de Holanda ha teñido! Y, al fin, han servido de limpiadura las mejores manos del mundo. Y aunque el ojo del culo no ve, hay quien vea por él, pues dicen: "Fulano ve la luz por el ojo del culo de zutano". Y en conciencia que no es vista de envidiar. Todo cuanto he dicho del ojo del culo se refiere a sus gracias; pero aun me queda el rabo por desollar, en contar sus desgracias, que son las siguientes:

Enseña un ayo barbonaco y mugriento la lección a un descuidado niño. Encomiéndala, éste a la memoria; diviértese después jugando; olvídasele; no sabe darla, y en pena de lo que pecó la memoria, ábrele el culo a azotes.

Da un estudiante un madrugón a una viña, descepa la mitad de ella, topa con una fuente, y porque se lo pide el gusto bebe agua, hártase, pues, la sed, y deshace en vivas cámaras el pobre ojo del culo.

Come el otro, demasiado engullidor, en mala sazón (porque los topó baratos), seis membrillos por madurar, aconséjalo su apetito y asiéntasele en el estómago y abre con apuros y jeringazos el pobre culo.

Impórtale a uno bajar por una escalera abajo, no mirando dónde pone los pies, resbala, pecan los ojos y baja haciendo astillas el culo de escalón en escalón.

Un mal curado enfermo padece porque el humor se le ha apoderado de los sentidos, pues el médico, con descuidadas prevenciones, consume a puras sanguijuelas el malaventurado ojo del culo.

Sábese por el texto que el regüeldo...

> es pedo mal logrado,
> según lo que escribe Angulo;
> pues de puro desdichado
> no pudo llegar al culo.

El regüeldo aun no ha salido de la boca, cuando todos le dan una baraúnda de coces, y el pedo le maldicen sólo porque salió por el malaventurado culo.

Da el otro extranjero en caballerear y escribir a damas, y traer fausto; falta a los negocios y pierde el crédito, y lo que pecaron los gentiles redunda en perjuicio de la reputación del culo, diciendo: "Fulano dio de culo".

Tan desventurado es el culo, que a los animales y bestias grandes siempre los muerde el lobo por el culo. Quiere descansar una mona a menudo, siéntase a cada paso y llénase de callos el culo.

¿Pues quién se hartará de llorar la desgracia de los culos en Carnestolendas?, pues, por holgarse los muchachos, en pasando, el uno al otro se llenan de masas y trapajos los culos, y a veces los habrás visto con estopas ardiendo.

Promúlganse unas pragmáticas que muy doctos y venerables letrados con mucho acierto ordenaron; no salen a satisfacción del pueblo, y lo que erraron los reverendos juristas, paga el culo de un desventurado perro, atándoselas al rabo por mazas los muchachos.

Finalmente, todos los miembros del cuerpo se han holgado y huelgan: los ojos gozan de la hermosura, las narices huelen lo suave y odorífero, la boca gusta de lo sazonado y besa lo que ama y le parece bien, la lengua retoza entre los dientes y se deleita con el reír y con ser pródiga cuando un amante pide a su dama se la envaine, y al fin, como hemos dicho, no hay miembro que no se huelgue; solo el culo es tan desgraciado, que una vez que se quiso holgar lo quemaron.

(QUEVEDO)

—

CUENTO DONOSO DE UN BIGARDO Y UNA DAMA Y UN LAGARTO

En esta ciudad había
un bigardo maxmordón
que una demanda traía
y a una dama servía
a quien tenía afición.

Mil coplas le presentaba
por poder haber su amor,
mas ella le despreciaba,
y aunque las cosas tomaba
burlaba del servidor.

Esta dama se fue un día
a holgar a un cigarral,
y a la sazón que dormía
un lagarto que allí había
se la entró en el proxenal.

Mas ella, cuando sintió
dentro en lo suyo el lagarto,
del bigardo se acordó
y luego le pronunció
por partero de aquel parto.

Procuró de le enviar
a llamar secretamente;
y él aguija a más andar,
y allá la fue a hallar
sola cerca de una fuente.

La dama le recibió
con señales de amistad,
y el bigardo se holgó
por verse en lugar a do
cumpliese su voluntad.

Ella dijo: —Padre honrado,
siempre os he tenido amor;
pero nunca lo he mostrado
ni decíroslo he osado
por mi vergüenza y honor;
mas ahora que me veo
donde nadie nos verá,
yo quiero sin más rodeo

cumplir ya vuestro deseo,
y el mío se cumplirá.

El bigardo, no teniendo
que desatar agujetas,
perezoso nada siendo,
mi fe, diciendo y haciendo,
le arremangó las faldetas;
y en metiendo que metió
el hurón en la huronera,
el lagarto le trabó
y los dientes traspilló,
y él tiró y sacólo fuera.

Ella, como se sintió
libre de lo que tenía,
con la maldición le echó:
de muerte le amenazó
si a persona lo decía.

Así que al enamorado
caro le costó el placer,
viéndose tener colgado
el lagarto traspillado
sin saber qué se hacer.

Mas, cayendo o levantando
envolviéndole en las bragas,
se vino luego aguijando,
no se atreviendo ni osando
decir a nadie sus plagas,
y de un horno compró
un grande pan muy caliente
y por medio le partió,
y el lagarto en él metió,
haciéndole abrir el dienten.

Así que, de esta manera,
él quedó tan lastimado
que por poco se muriera,
y la dama chocarrera
quedó libre del preñado.

(SEBASTIÁN DE OROZCO)

—

Cuatro viudas se encuentran el día de Todos los Difuntos camino del cementerio, y como tres de ellas llevan plantas en las mano (y en los pies; pero éstas no hacen al caso), entran en conversación (lo mismo hubieran hecho de llevarlas vacías, y dispensen, que ya no interrumpo más).

—Vean ustedes—dice una—: llevo violetas para plantarlas junto a mi pobre Miguel. ¡Ay!, son su símbolo. ¡Era tan modesto mi pobre marido!...

—El mío—suspira la segunda—tenía tan bellos ojos azules, que siempre me los recuerdan los miosotis, y aquí llevo más de dos docenas de plantas. ¡Pobre mío!...

—Yo quiero, a mi vez, que mi inolvidable Calixto repose junto a estos lindos pensamientos. Así, cuando los vea, me recordarán los suyos, que no he olvidado y no olvidaré. ¡Ay, Dios!...

Pasan unos instantes de silencio. La que va con las manos vacías suspira tan alto como las otras tres juntas, pero nada dice.

—¿Y usted no lleva nada?—pregunta, al fin, la de las violetas—. ¿Va usted a dejar sin flores la tumba de su esposo?

—¡Ay de mí!... ¿Y qué podría poner que me le recordara propiamente?

—¿Propiamente?... ¿Qué quiere usted decir?

—Claro; que para indicar de un modo exacto aquellas de sus virtudes que más me le recuerdan, como a ustedes los suyos, tendría que sembrar espárragos.

—

> Qué alegres son al triste enamorado
> las iras de su dama con blandura;
> aquel: "¿estáis en vos?, ¡qué gran locura!",
> y aquel: "¡quitaos allá, desvergonzado!".
>   El santiguarse: "¿cómo habéis entrado?";
> el argüir la fama con cordura:
> el tierno desamor y la dulzura
> de aquel: "¡ay, que lo oirán!" y "¡que es pecado!"
>   El falso defenderse; el maleficio;
> las lágrimas; el "¡ay!"; el "yo os prometo...";
> el "creo me engañáis como enemigo".
>   Y aquel: "¿dó estaba yo?, ¿tengo juicio?";
> aquel: "¡cuál me dejáis!, ¡tened secreto...!",
> no hay mal que tanto bien traiga consigo.

(QUEVEDO)

—

En verdad que lo de "la Iglesia rica y el clero pobre" no tiene vuelta de hoja. Nuestro buen páter era pobre, tan pobre que si no era el más pobre de todos los curas de aldea, le sobraban poquísimos céntimos para serlo. Y desesperado de tanto probar que las más puras y laudables virtudes cristianas, y muy en especial la pobreza, se llevan tan a mal con el estómago, por comer, sólo por comer algo más que sopas de pan y pan en sopas, tuvo la idea genial de ofrecer lo único que podía dar a poco precio. En una palabra: que bajó el precio de una peseta que hasta entonces solía cobrar por las escasísimas misas que le caían de Pascuas a Ramos hasta la cifra en verdad nada cara de cuarenta céntimos. Y aquello fue hincharse. ¿Quién, por cuarenta céntimos, no echaba un memorial al Señor Dios recomendándole un pariente en el Purgatorio, solicitando que granasen bien las habas o que se le muriera la vaca al vecino? Total: que nuestro buen páter no daba abasto, no obstante aplicar a la chita callando una misma misa a varios fines, como suele hacerse aun con las caras.

Pero la envidia es planta tan de todos los terrenos, que no faltó quien a poco fuera con el cuento al señor obispo, a quien aquella rebaja en las tarifas le supo a cuerno quemado. Pues, hombre, ¿dónde se había visto? Aquello tenía incluso aspecto de simonía. No faltaba más que se malbaratasen de aquel modo las cosas santas. Se apresuró, pues, a llamar al pobre cura, a quien, una vez en su presencia, le gritó en un acceso de cólera:

¿Es verdad que dice usted misas a cuarenta céntimos?

—Verdad es; pero no se inquiete su ilustrísima; si su ilustrísima las oyera, no daría por ellas ni veinte...

—

A una moza de Triana
dijo un chusco el otro día:
—Morena, yo dormiría
con usted de buena gana.
—¡Quítese usted de mi lao!
—gritó, mirándole audaz—.
¡Puede que fuera capaz
de dormir el arrastrao!

—

EN UN PASEO PÚBLICO

—¿Ha visto usted ese tío insolente de las sillas, qué modo de mirarle? Como si no hubiera usted pagado.

—¡Bah!, yo le he mirado a él, ya lo habrá usted notado, como si lo hubiera hecho.

—

La Borghi-Mamo cantaba
en el Teatro Real,
con un entusiasmo tal
que al público arrebataba.
  Llegó al palco de Belén,
a saludarla, un primito,
y ella le dijo: —Pepito,
¿qué tal la Mamo? —¡Muy bien!

—

Un caballo acaba de tirar a su jinete, que, sin poder levantarse, gime de un modo que parte las piedras. Un caballero que ha presenciado el accidente corre en su ayuda.

—¿Es, quizá, la primera vez que monta usted a caballo?

—No, señor; la última.

—

Cierta noche que escuché
cantar un aria a Sofía
le dije, por cortesía:
  —Buenos bajos tiene usted.
  Mas su esposo, hecho un patán,
me contestó, echando truenos:
  —Si no los tiene muy buenos,
lo que es limpios sí que están.

—

¡OH LA CORTESÍA!

El amo, al criado:

—Andrés.

—Mande, señor.

—¿A que no te has acordado de preguntar qué tal está la marquesa de Pingo Florido?

—Sí, señor; me he acordado.

—Bien; perfectamente. Puedes marcharte.

—

—¡Luisa! ¡Luisa! ¡Mi amor, mi vida entera!
Desde que estás en la mansión del cielo,
la Soledad tan sólo es mi consuelo.—
¡Y era la Soledad una bolera!

(R.G. SANTIESTEBAN)

—

INQUIETUD

—Empiezo a estar intranquilo: mi mujer se estaba bañando ahí mismo, buceó a coger no sé qué y no ha vuelto a aparecer.
—Pero ¿hace mucho?
—Regular... unas dos horas...

—

A un recovero tunante
le preguntó una serrana:
    —¿Qué lleva usted esta mañana?—
    Y él contestó en el instante:
    —Aquí, unos pollitos nuevos;
aquí, a la espalda, una olla;
aquí, delante, una polla,
y abajo de ella, los huevos.

(P. LÓPEZ)

—

CON VASELINA

—Creo que le gustan a usted mucho los largos paseos, ¿verdad, Ramoncito?
—¡Oh!, mucho, señorita.
—Pues vaya, vaya; no le retengo.

—

Esta es la información, éste el proceso
del hombre que ha de ser canonizado,
en quien, si es que vio el mundo algún pecado,
advirtió penitencia con exceso.

Doce años en su suegra estuvo preso,
a mujer y sin sueldo condenado;
vivió bajo el poder de su cuñado;
tuvo un hijo no más, tonto y travieso.

Nunca rico se vio con oro o cobre;
vivió siempre contento, aunque, desnudo;
no hay incomodidad que no le sobre.

Vivió entre un herrador y un tartamudo;
fue mártir, porque fue casado y pobre;
hizo un milagro, y fue no ser cornudo.

(QUEVEDO)

—

DIGNIDAD

Un marido sorprende a su mujer con un aristócrata, y se retira diciendo con toda discreción:

—¡Menos mal! Siquiera no se encanalla.

A solas en su aposento
Gregoria me suplicaba
que le refiriese un cuento
del que ya no se acordaba.
—¡Piénsalo bien!—me decía—,
que él te vendrá a la memoria...
— Y al tiempo que me venía,
también le vino a Gregoria.

(J. B. BALDOVÍ)

—

Una noche, el marido de cierta señora se puso gravemente enfermo, por lo que ella mandó a la criada que buscase inmediatamente un médico. Por fortuna, en la misma casa había uno, y aunque no de muy buena gana (pues sobre la hora ser inoportuna, hallábase ya en la cama, estaba muy fatigado y no era joven), al poco rato hallábase a la cabecera del enfermo.

Después de varias preguntas, y notando que respiraba con dificultad, aplica su oreja al pecho del enfermo y le dice:

—Vaya usted contando hasta que yo le avise...

Al cabo de un cuarto de hora muy largo, la impaciente señora, que no se había atrevido a entrar, temiendo que estuviese peor de lo que ella pensaba, asoma la cabeza tímidamente.

El médico habíase dormido sobre el pecho del pobre paciente, y éste seguía contando con gran dificultad:

—Mil trescientos noventa y cinco..., mil trescientos noventa y seis..., mil trescientos noventa y siete...

—

De los ajos que comía
dióle tal irritación
a la hermosa Encarnación,
que cerca de la Gran Vía
ocupa unos pisos bajos,
do a voz en grito decía:
      —¡Ya no quiero mascar ajos!

—

El poeta De Moreas decía:

—No hay más que tres grandes poetas: Virgilio, Racine y yo. Y conste que los cito por orden cronológico.

—

Tres supe ayer que tenías,
y hoy he sabido otro más.
Niña, a esta cuenta tendrás
más longanizas que días.
Las mañas de treinta tías.
Amor en tu pecho ha puesto;
pero yo, que estoy dispuesto
a entrar en tu laberinto,
pasaré por ser el quinto
para irme acercando al sexto.

—

EL ALZA

Una segunda tiple, después de haber pasado mucha hambre y de haber concedido sus favores poco menos que de balde, tuvo la suerte de tropezar con un amiguito serio y rico. Tan rico y tan serio, que le compró un hotel, automóviles, joyas...; pero todo en muy pocos días.

Una de sus compañeras va a verla "en su nuevo estado", y la encuentra tal y como su madre la había echado al mundo, mirándose y remirándose a la magnífica luna de un armario de ocho mil pesetas.

—Pero ¿qué haces?—le pregunta, sorprendida.

—Estaba tratando de comprender por qué ahora "esto" vale más de dos duros.

—

Dar un real a una dama es poco precio;
dos le daréis si es prenda conocida,
y tres cuando, conforme a estado y vida,
darle cuatro os parezca caso recio.
    Cuatro es el moderado y justo precio;
mas si la prenda fuese tan subida,
seis le daréis, con tal que no os lo pida;
si le diereis más quedáis por necio.
    Esta doctrina llana y resoluta
ha lugar si la dama que os agrada
os pareciese libre y disoluta.
    Mas si fuese tan grave y entonada
que menosprecie el título de puta,
si la queréis pagar, no le deis nada.

(QUEVEDO)

—

Cuando el mariscal de Bassompierre compró Chaillot, la reina madre le dijo:

—Pero ¿por qué ha comprado usted una casa tan chica? ¡Pero si esto es una botella!

—Precisamente, señora, y como soy alemán...

—Además, ni siquiera está en él campo; esto es un arrabal de París.

—Es que me gusta tanto París que no quisiera salir de él.

—Además, esto no sirve más que para... para traer unas amiguitas.

—Pues ya las traeré, señora.

Bassompierre era audacísimo y magnífico, y tomó el capitanato de Monceaux para atraer a la corte. La reina le dijo un día:

—Apuesto a que va usted a traer aquí..., grullitas.

—Yo, el doble a que más traerá vuestra majestad.

Un día decía que había pocas mujeres que no fuesen precisamente grullitas.

—¡Hola! ¿Y yo?—preguntó su majestad.

—¡Ah! Vuestra majestad—replicó—, vuestra majestad es la reina.

(TALLEMANT)

—

> Estando Blas de visita
> languideció de repente,
> y la señora de enfrente
> preguntó: —¿Qué mal le agita?
>   —Lo ignoro aún a estas horas
>   —respondió con calma el nene—;
> mas lo raro es que me viene
> siempre que estoy con señoras.

(SERAFÍN PITARRA)

—

Bajando, desesperado, de casa del dentista, que a causa de la enorme inflamación de la encía no había podido extraerle la muela, se tropezó con un amigo.

—Pero ¿qué te pasa? ¡Cómo tienes la cara!

—¡Estoy loco! ¡Loco! ¡Y llevo así seis horas!

—Pues te compadezco, porque yo sé muy bien lo que es el dolor de muelas.

—Y que como a causa del flemón no me la han podido sacar, ni siquiera dormirme la encía, pues está inflamadísima, voy a que me den morfina o... ¡un tiro! ¡Lo que sea, porque yo no aguanto más!

—¡Qué morfina, morfina! ¿Estás loco?

—¡Lo estoy!

—¿No sabes cómo me quito yo el dolor de muelas sin necesidad de nada de botica?

—¡Habla!

—Pues, mira, me meto con mi mujer en la cama, la hago que me acaricie bien y adiós el dolor. ¿Por qué no ensayas tú a hacer lo mismo, en vez de la morfina?

—Sí; pero cualquiera sabe dónde está ahora tu mujer.

—

> Del ojo pienso me hacéis,
> pues decís que os bese el ojo;
> si es acaso algún antojo,
> os ruego que os declaréis.
>   Decidme lo que queréis,

que yo no soy adivino,
aunque si en mi pro imagino
vuestro pensamiento alabo
si es que hacéis al pobre rabo
alcahuete del vecino.

Un inconveniente veo,
y es que parecerá mal
andar por el arrabal
señora del coliseo.

Haréis burla de mi empleo;
pero en llegando a besar
en el otro pienso dar,
que vos lo tendréis por bueno,
y el señor ojo moreno
in albis se ha de quedar.

¡Quién tuviera tal ventura
de besaros en el rabo;
quizá por dar en el clavo
os pegara en la herradura!

Cosa fuera más segura
el que más a pelo os viene,
que al fin un gusto entretiene;
si allí me dejáis besar,
prometo que os he de dar
más besos que pelos tiene.

Pero al besaros el ojo,
por la buena vecindad,
al compañero avisad
que eche su barba en remojo,
que yo os templaré el antojo
gozando de la ocasión,
y al hermano motilón
que he de sobornar confieso
no dando en el ojo el beso,
sino al compadre un jabón.

(J. DE LEÓN)

—

Un gañán encontró a su ama dormida en un campo, a la vera de unos árboles. Y como nadie le veía y, además, la hermosa tenía las faldas levantadas más de lo justo, sin poderse contener se echó encima de ella y con presteza y buena habilidad empezó una dulce y atrevida faena.

Naturalmente, ella abrió los ojos, y le dijo:

—Pero... ¡ah!..., ¡tú!..., ¿qué haces?... ¿No te da vergüenza?

—Perdone usted, mi ama—replica el mozo, confuso y dispuesto a retirarse, aunque con gran pena—, ¡es que la vi..., la vi..., y no me he podido contener! ¡Perdone!...

—¡Pero quién te dice que te vayas..., granuja!...¡Sigue!... Si no digo sino que si no te da ver... ver... vergüenza..., ¡rey!...

—

A UNA DAMA QUE DESEARA EMPREÑARSE

Si os queréis hacer preñada,
tomad, sin que se publique,
zanahoria encañutada,
con zumo de riñonada,
sacado por alambique.

Antenoche y de mañana
la tomad con devoción,
y aun cada vez que hayáis gana,
porque ésta es cosa tan sana
que siempre tiene sazón.

Y mientras esto dura
haced siempre movimiento,
y si no obra Natura
buscaréis cabalgadura
que sea más a contento.

No os dará ninguna pena;
antes placer y sabor;
y esta receta es tan buena,
que ni Hipocrás ni Avicena
os la podrán dar mejor.

(SEBASTIÁN DE OROZCO)

—

LA ESTATUA DE BRONCE

Hay damas que se encaprichan de perros, otras de monos o de gatos; los pájaros son también muy amados del bello y caprichoso sexo, que a veces prodiga sus caricias en otros bichos aun menos adorables, como los cerdos y las focas; pero la dama de nuestro cuento, no; el capricho de la dama de nuestro cuento fue un hombre de carne y hueso: el negro del "jazz" que aturdía a los elegantes huéspedes del hotel fronterizo a su casa.

Y, claro, ¿cómo resistir tan apetitoso capricho (dieciocho años, un cuerpo fuerte y gallardo, unos ojos como ascuas y unos dientes como perlas), sobre todo con un marido como el suyo, viejo, miope, chiflado por las antigüedades y cosas de arte y de propina, retirado hacía tiempo de los lances del matrimonio?

Pero sucedió que cuando más feliz estaba, cerciorándose de que para el negrito no había pieza, ni en el repertorio del "jazz" ni en su cuerpo, que no tocara a la perfección, ¡zas!, el cornúpeto del marido que golpea la puerta de la alcoba.

—¡Hola! Soy yo, tu maridito. ¿Por qué te encierras?

—¡Huy, mi marido!

—¡Lagarto! ¿Dónde me meto?

—¡Dios mío!... ¡Ah, qué idea! ¡Súbete sobre este cojín, adopta una postura artística y no te muevas, que, como es burriciego, le voy a hacer creer que eres una estatua!

Tal como estaba, en cueros vivos, púsose el negrito sobre el improvisado escabel, colocando los brazos uno levantado y otro en la cintura, de la manera que creyó más apropiada a una estatua. Entretanto, ella corrió hacia la puerta.

—¿Eres tú, Venancio?

—Yo, mujer, yo, que vuelvo porque no se celebra esta tarde la subasta. Pero... ¿qué es eso que hay ahí?

—¡Qué no verás tú!... ¡Una sorpresita que te guardaba!—añadió la taimada, echándole los brazos al cuello y tratando de que no avanzase—. Una estatua de... de bronce, que he comprado para regalártela...

—¿De bronce? ¿Estás segura?

—De bronce, de bronce; ya lo creo. Sólo que ahora está mal colocada. De momento he mandado que la pusieran aquí. Pero no la mires, que no quiero que la veas hasta que esté bien puesta en el salón. Si no hubieses venido tan pronto...

—Quita.

—Pero ¿dónde vas?

—No me acabo de convencer que sea de bronce.

—Cuando yo te lo digo...

—¿Y si te han engañado?

Y el testarudo, sin hacer caso de los mimos de su mujer, avanzó hasta la estatua, y para cerciorarse de que era, en efecto, de metal, sacudió un garbilote en la tripa del negro, que hizo: ¡tinn!...

Casó de un arzobispo el despensero,
y la noche que el novio se acicala
para hacer de la novia cata y gala
y repicar el virginal pandero,

le dijo el secretario: —Por mí quiero
que un cañonazo le tiréis con bala.—
Lo mismo el mayordomo y el maestresala,
veedor, caballerizo y camarero.
　　Llegado el plazo, el caso sucedido
contó a la dama, y trece golpes dióle:
siete por él y seis encomendados.
　　Durmióse, y ella dijo: —¡Ah del dormido!—
Él despertó; la niña preguntóle:
　　—¿No tiene el arzobispo más criados?

(QUEVEDO)

—

El coche de un obispo se vio obligado a detenerse o poco menos en una carretera muy estrecha, a causa de un carro cuyo carretero, pese a los gritos, protestas y aun conminaciones del cochero de su ilustrísima, siguió su paso, sin dársele un bledo de los que venían detrás.

Harto al fin el prelado de ir a aquella marcha, que, sobre ser muy lenta, le hacía disfrutar del polvo que levantaban las cinco mulas del carro, sacó impaciente y hasta incomodado la cabeza por una de las ventanillas y gritó al impasible y robusto carretero:

—¡Eh, amigo! ¿No estás oyendo?... Parece que estás mejor nutrido que educado.

—¡Rediós! Como que educar nos educan ustedes, y de alimentarnos ya tenemos buen cuidado de hacerlo nosotros.

—

A don Félix Trombón, que era una fiera,
le rompió la criada una sopera.
　　Y Trombón, con el ímpetu de un mulo,
le dio un tremendo puntapié en el culo.
　　Mas la criada, entre el dolor y el miedo,
en la misma nariz le soltó un pedo.
　　A veces, al que más se envalentona,
le sale la criada respondona.

(X.)

—

O CUMPLES O TE EXCUSAS

En un departamento de segunda de un tren, viajan una mujer despampanante y un hombre que frente por frente de ella y casi rodillas con rodillas—pues el coche es de esos antiguos, estrechos, feos, sucios, incómodos y muy visitados por las chinches *(ferias do cama,* que dicen los portugueses)—, que pese a la barbianez y apetitosidad (agárreme usted estos dos adjetivos por donde guste) de la dama, no hace ni por entrar en conversación con ella.

En esto llega un túnel. Un túnel muy largo que durante dos o tres minutos sume a coche y viajeros en la más profunda oscuridad. Y sólo cuando vuelven a la luz del día sale el misterioso caballero de su mutismo para decir a la dama con voz áspera y marcado acento catalán:

—Dispense, señora, que no la haya metido mano; pero es que llevo un dolorcito de muelas, ¿sabe?, que ni la madre que me ha parido, ¡eh!, me aguanta.

—

Decidme, dama graciosa:
¿qué es cosa y cosa?
Decid: ¿qué es aquello tieso,
con dos limones al cabo,
barbado a guisa de nabo,
blanco y duro como hueso?
De corajudo y travieso,
lloraba leche sabrosa.
¿Qué es cosa y cosa?
¿Qué es aquello que se lanza
por las riberas del Júcar?
Parece caña de azúcar,
aunque da botes de lanza.
Hiere sin tomar venganza
de la parte querellosa.
¿Qué es cosa y cosa?
Aquel ojal que está hecho
junto de Fuenterrabía,
digáisme, señora mía:
¿cómo es ancho siendo estrecho?
Y ¿por qué, mirando al techo,
es su fruta más sabrosa?
¿Qué es cosa y cosa?
¿Por qué vuela pico al viento,
y sin comer hace papo?

¿Por qué, cuanto más le tapo,
más se abre de contento?
Y si es tintero y de asiento,
¿cómo bulle y no reposa?
¿Qué es cosa y cósa?

(GÓNGORA)

—

¡Cuántos años hacía que no se veían! Habían sido compañeros inseparables de colegio, primero, y luego, de facultad; pero, acabadas las carreras, cada uno había marchado por su lado, y unas veces por unas causas y otras por otras, ni con ocasión de los motivos más solemnes para haberse reunido (bodas, etc.) habían podido conseguirlo. De modo que cuando aquella tarde apareció súbitamente en casa de Juan su entrañable Pedro, tan deseado, estuvieron fundidos en un abrazo y llorando de alegría como chiquillos quién sabe cuánto rato.

—Bueno—dijo Juan, pasados los primeros transportes y cambiadas las primeras impresiones—; ni que decir tiene que ya que al fin te tengo habrás venido para que abuse de la hospitalidad que te voy a dar, ¿no? Es decir, que nos vas a dedicar lo menos un mes.

—Quince días que tengo libres. Más no puedo.

—Poco es; pero, en fin...—nuevo abrazo—. Ea, empieza por quedarte a gusto. Querrás lavarte, ¿verdad?

—Buena falta me hace, no creas; ¡tantas horas de viaje! Pero no he querido detenerme ni en Madrid por llegar antes.

—¡Qué alegría me has dado! Y la que vas a dar a Luisa. ¡Tanto como le he hablado de ti! Pero, mira, mientras llega—ha ido a no sé qué compras—, sí, mientras viene y te prepara una habitación para ti, métete aquí, en nuestra alcoba; ven, lávate y ponte a tus anchas. No olvides, Periquillo, que estás en tu casa, ¿eh?

—¡Y qué feliz!

—Y yo...—nuevo abrazo—. Pues verás Luisa, cuando venga y te encuentre. Te quiere ya sin conocerte.

—Eres feliz, ¿verdad?

—¡Mucho! Es una chiquilla, una niña; inocente como una colegiala; ¡enamorada!..., como de recién casados; y luego tan fina, tan delicada, tan dulce...; ya la verás, ya la verás...

Y Pedro entró en la alcoba, y luego de abrir sus maletas y sacar y disponer lo necesario, quitóse botas, pantalones y calzoncillos, y hallábase frente al lavabo, sacándose la camisa, con los brazos en alto y la prenda hacia arriba ya por media espalda, cuando la puerta de la alcoba se abrió sigilosamente, y Luisa, que acababa de llegar sin ruido de la calle con un regalo para su maridito, se acercó de puntillas, y con su vocecita cariñosa, inocente, dulce y delicada dijo, uniendo la acción a la palabra:

—¿De quién son estas pelotitas?

—

LAS ENTRADAS DE TORTUGA

Estaba una señora desahuciada
de esa fiebre malvada
que, sin ser, según dicen, pestilente,
se lleva al otro lado mucha gente.
Sus criados y amigos la asistían
con celo cuidadoso,
pues por tonto tenían
de la dama al esposo,
y así, de su dolencia
nunca le confiaron la asistencia.
Llególe, al parecer, la última hora
a la pobre señora;
trajéronla, muy listos,
agonizantes cristos,
y de la sepultura
la eterna llave con la Sacra Untura.
Después que bien la untaron
y a su placer los frailes la gritaron,
a medianoche túvola por muerta
el médico, y dispuso
dejar del todo abierta
la alcoba de la enferma, según uso,
y que, ya sin cuidados,
se acostaran amigos y criados.
Fuéronse todos a dormir bien pronto;
y luego que esto vio el marido tonto,
quedito entró en el cuarto de su esposa,
que nunca más hermosa
le pareció que entonces, porque hacía
un mes que por su mal no la veía.
Mirándola los pechos,
que a torno parecían estar hechos,
y el ojal del encanto,
en que pecara un santo,
dijo: —¿Se ha de comer esto la tierra

sin más ni más? ¡Ah, calentura perra!
Llévese entre responsos y rosarios
toda la retención de mis monarios.—
Dicho y hecho: de un brinco
montó, enristró, y al golpe, con ahínco
quedó, sin que más quepa,
clavada en su terrón aquella cepa.
¡Vive Dios, que producen maravillas
del masculino impulso las cosquillas,
según se prueba en el siguiente caso!
Porque, lector, al paso
que el marido empujaba,
su mujer se animaba,
y cuando sintió el fuego
del prolífico riego,
abrió los ojos medio suspirando
y abrazó a quien la estaba culeando.
Entonces las culadas prosiguieron
hasta el día; y los dos las suspendieron
porque entraron las gentes
de la enferma asistentes
en el cuarto, y halláronla sentada,
en brazos de su esposo reclinada;
se admiraron, y "¡Milagro!" repitiendo,
van a llamar al médico corriendo.
Este, luego que vino,
la tomó el pulso y dijo: —Yo no atino
qué es lo que le habrán dado,
que así la han mejorado.—
Y el marido, que en tanto se reía,
dijo: —Señor doctor, será obra mía,
porque, así que dejaron a mi esposa
los presentes, entré yo con mi cosa
tiesa, como la tiene el que madruga,
y le di cinco entradas de tortuga.
—¡Bravo!—el médico exclama—;
ya comprendo la cura. ¿Y... por qué llama
con tan extraño nombre
la genital operación del hombre?
—¡Toma!—el tonto replica—.
Es un modo de hablar que significa...,
¡zas!..., soplarlo de golpe hasta lo hondo,
cual las tortugas..., ¡zas!..., se van al fondo.

Pero si está mal hecho...
—No—el médico le dice—; has acertado,
pues tus entradas son de tal provecho
que a tu pobre mujer vida le has dado.—
Así que esto oyó el tonto,
echó a llorar de pronto,
y el doctor, que el motivo no alcanzaba,
le preguntó qué pena le apuraba.
—¡Ay!—respondió, afligido—,
que el dolor me lo arruga.
¡Si yo hubiera sabido
que las tales entradas de tortuga
daban vida de cierto,
nunca mis padres se me hubiesen muerto!

(SAMANIEGO)

—

Un amigo decía a Benavente:
—A mí me gustan mucho los hijos ajenos.
—Pues cásese usted—le aconsejó el autor de "Señora Ama".

De quince a veinte, niña; buena moza
de veinte a veinticinco, y por la cuenta,
moza gentil de veinticinco a treinta;
¡dichoso aquel que en tal edad las goza!

De treinta a treinta y cinco no alboroza;
mas puédese comer con sal pimienta;
pero de treinta y cinco hasta cuarenta
cría niñas que labran su coroza.

A los cuarenta y cinco es bachillera;
gorjea, pide y juega del vocablo;
cumplidos los cincuenta, da en santera,
y a los cincuenta y cinco echa retablo.

Niña, moza, mujer, vieja, hechicera,
bruja y santera se la lleva el diablo.

(QUEVEDO)

—

—Me engañas, ya lo sé, y además comprendo el motivo: es que ya tienes bastante de mí, ¿verdad?

—Al contrario, no lo creas: ¡es que no tengo bastante contigo!

—

"De la dama que da luego
sin decir: vuelva a la tarde,
¡Dios os guarde!"
De a la que a nadie despide
y al que le pide a las nueve
a las diez ya no le debe
nada de lo que le pide;
de la que así se comide
como si no hubiese tarde,
"Dios os guarde".

De la que no da esperanza
porque no consiente medio
entre esperanza y remedio,
que el uno al otro se alcanza;
de quien desde su crianza
siempre aborreció dar tarde,
"Dios os guarde".

De la que en tal punto está
que de todo se adolece,
y al que no le pide ofrece
lo que al que le pide da;
de quien dice al que se va
sin pedirle que es cobarde,
"Dios os guarde".

De la que forma querella;
de quien, en su tierna edad,
le impidió la caridad
y los ejercicios de ella;
de la que, si fue doncella,
no se acuerda por ser tarde,
"Dios os guarde".

(BALTASAR DE ALCÁZAR)

—

Un viejo más viejo que treinta y dos tejados se casa con una niña que es una pura crema, un cogollo, una piñita; vamos, lo que se dice lo indicado para un festival. Después de la ceremonia salen, como es costumbre (estúpida, pero costumbre), caminito de París de Francia, y llegados a la capital francesa, y ya en el magnífico hotel de la misma, que han escogido para alcahuete de sus amores, el respetable anciano, mientras que la flamante esposa pone en orden los trapitos allá en la suntuosa alcoba, él baja al bar y pide un vaso de oporto. El barman, hombre ducho en cosas galantes y sus menesteres, le hace observar que el oporto es más bien deprimente que afrodisíaco, y le aconseja tomar uno de sherry con unas salpicaduras de pipermínt.

El amable e inofensivo anciano accede y se coloca la mixtura.

Al día siguiente, a la misma hora, el blandísimo marido se presenta ante el barman y pide:

—Un doble de sherry para mí y una botella de oporto para mi mujer.

—

> —Caros vendes tus favores
> —a una maja uno decía,
> la cual melones vendía
> en la plaza de Herradores.
> Picóse de esto la maja,
> y en acento dulce y blando
> gritaba de cuando en cuando:
> —A cuarto vendo la raja.

(C. Morán)

—

TODO ES SEGÚN EL CRISTAL

En una reunión en tiempos del puntibigotudo Napoleón III, se discutía sobre asuntos metafísicos, y Taine, dirigiéndose a una de las damas presentes, le propuso la siguiente cuestión:

—¿Cómo concibe usted, duquesa, el amor en el espacio?

—La interpelada, que por cierto estaba como para un volapié, reflexionó un momento (más no le hubiera sido fácil, ni como mujer ni como duquesa), y replicó:

—Pues, evidentemente, en una hamaca. Taine no insistió, como puede suponerse.

—

—Un doctor ronda tu puerta
y un escribano te adora
—le dijo a una labradora
otro también de la huerta.
—No es extraño, majadero
—contestó con gracia suma—,
que toda gente de pluma
vaya en busca de tintero.

(J. B. Baldoví)

—

Talleyrand (célebre fabricante de bartolillos internacionales en tiempos del Imperio) fue llamado cierto día por una dama cuya fealdad era legendaria, no obstante lo cual el ilustre hombre, que en materia de faldas no era más escrupuloso que en cuestiones de Estado, había tenido con ella sus más y sus menos—esta última frase me ha salido perfecta y cincelada para las circunstancias, pues es cosa sabida que en cuestiones de amor, por más, por mucho, por muchísimo se suele empezar, y luego...—. Pero volvamos a nuestra historia. Una vez Talleyrand en presencia de la dama en cuestión, ésta le dijo, indignadísima:

—Parece, caballero, que se va usted alabando por ahí de haber obtenido mis favores...

—¿Alabando?—replicó el espiritual diplomático, sonriendo—. Todo lo contrario: acusándome, señora...

—

A caza salió un casado
de su criado en unión,
y de repente el criado
—¡Señor—dijo—, se ha olvidado
los cuernos de munición!
—¡Brava ha sido mi torpeza!
—gritó el amo con fiereza—.
¡Fatal memoria la mía;
y eso que yo no tenía
otra cosa en la cabeza!

(Vilabrille)

—

Un rabino y un sacerdote católico viajaban en el mismo coche-cama. Habiendo hecho amistad, quedaron, al acostarse, en que al día siguiente cada uno contaría el sueño que hubiese tenido.

Y, en efecto, al día siguiente el cura dijo:

—Es curioso; he soñado que entraba en el paraíso israelita y no había más que basura y gente poco grata, pero una multitud espantosa. ¡Era intolerable!

—Yo—dijo el rabino—he soñado asimismo que entraba en el paraíso de los cristianos, y ¡qué calma!, ¡qué tranquilidad!; claro, no había nadie.

—

¿Hay quien compre un juguete
que ni hiere, ni mata, ni pica, ni muerde?
Yo lo vendo por travieso
y no porque a nadie ofende;
es alegre y juguetón
y por las niñas se pierde;
niñas, guardaos de enojarle,
que vive Dios, que arremete,
y cuando estéis más seguras
por vuestros postigos entre.
Que ni hiere, ni mata, ni pica, ni muerde.

Es alegre a todas horas
y amanece o no amanece;
hay vecina que daría
cuanto tiene por tenerle
porque le conoce ya,
y a fe que son más de siete
las noches que por pecar
ha amanecido a la muerte.
Que ni hiere, ni mata, ni pica, ni muerde.

Es su condición tan noble,
que cuando más furia tiene
las niñas juegan con él
al juego del esconderse;
a mí me daba Juanilla,
la esposa de Antón Llorente,
una hora de descanso
por un palmo de juguete
que ni hiere, ni mata, ni pica muerde.

(GÓNGORA)

—

EXAMEN DE ANATOMÍA

El catedrático:

—Vamos a ver... Díganos usted... Vísceras principales del cuerpo.

El alumno, después de toser, sonarse, mirar el programa, mirar al catedrático, volver a toser y carraspear lo de rúbrica:

—El hígado.

—Bien. Otra.

—Los riñones.

—Perfectamente. Más.

—El bazo.

—El bazo, sí, señor. Pero vamos, enumere pronto todas las que conozca. Las principales del cuerpo.—El alumno queda boquiabierto—Hombre, cite usted siquiera unas que son *unos* y de gran importancia.

—¿Unas que son unos?—balbucea el examinando.

—Sí, señor; unas que son unos.—Risas entre los oyentes que acaban de atolondrar al joven.

—¡Unas que son unos!... ¿Las glándulas salivares, quizá?

—¡Hombre, por Dios! Las glándulas salivares no llegan a vísceras; este nombre es, por decirlo así, más comprensivo, más amplio. Una víscera puede ser glándula y, desde luego, la que le pregunto lo es. Pero, ¡ea!, discurra un poco. Se trata de una víscera que, como le digo, es una y unos, singular y plural; muy útil, de secreción por cierto importantísima; ¿cómo estaría usted aquí ahora mismo sin una oportuna secreción de este género?—Nuevas y más prolongadas risas. Pero el pobre muchacho no cae ni empujándole—. ¿Qué, no lo sabe usted?

—El bazo... los riñones... el hígado...—repite el muchacho hecho un taco tratando de encontrar la terrible víscera tomando carrerilla.

—Venga.

—¡Venga!...—repite hecho ya un lío.

—Bueno, pues vaya usted con Dios.

El muchacho se retira y el catedrático, tras un breve comentario con los compañeros de mesa, a los que les dice que no hay medio de aprobarle, en lo que ellos están de acuerdo, mete las narices en la lista para llamar a otro. En esto el joven llega junto al compañero más próximo, que le grita en voz baja (no quito ni una letra a esto de gritar en voz baja):

—¡So primo, los testículos!

El muchacho vuelve sobre sus pasos, gana la tarima, llegaba la mesa y dice con voz sofocada:

—¡Señor catedrático, que me he dejado los testículos!

El catedrático distraído:

—Pues recójalos y márchese.

—

Bien te quiere Guardiola,
triscadorcilla Violante,
pero quiérete el bergante
bañada, desnuda y sola.
     Quédame de esto una duda,
porque aunque así lo refiere,
calla él para qué te quiere
bañada, sola y desnuda.

(BALTASAR DE ALCÁZAR)

—

DIÁLOGO ENTRE
SUEGRA Y NUERA

—Hija mía, si sigues mirándote así continuamente en todos los espejos que encuentres, acabarás por volverte fea... pero fea a dar miedo.

—¿Habría muchos espejos en su casa de usted, verdad, mamá?—replica la nuera dulcemente.

—

Aquí descansa en eternal modorra,
cumplido de su vida el postrer plazo,
la estatua cazadora, cuyo lazo
jamás pudo evitar humana zorra.
     Murió de un fuerte golpe que en la morra
la dio furioso un atrevido brazo,
que era justo muriese de un porrazo
quien vivió de dar gusto con la porra.
     Caminante, si acaso algún interno
ardor lascivo el corazón te aprieta,
echa al punto limosna en este cuerno.
     Que aún te podrá traer esta alcahueta
un demonio con faldas del infierno,
a trueque de ganar una peseta.

(QUEVEDO)

—

Predicaba un cura un sermón, alabando las virtudes y excelencias de la castidad, cuando uno, con ánimo de cortar su discurseo, gritó en voz alta:

—¡Qué tanto alabar, tanto alabar la castidad y tú tienes una querida!

—¡Cuando yo dije siempre que con tu mujer no hay secreto posible!—replicó el cura sin inmutarse.

—

Mostróme Inés por retrato
de su belleza los pies,
y yo la dije: —Esto es
buscar cinco pies al gato—.
Rióse, y como eran bellos,
y ella por extremo bella,
arremetí por cogerla
y escapóseme por ellos.

(BALTASAR DE ALCÁZAR)

—

TRES HISTORIETAS DE LOCOS

Decía un alienado:

—El mundo está lleno de locos; aquí sólo estamos los sobresalientes.

Otro, que por una ventana veía bailar a la gente del pueblo reunida en la plaza, comentaba:

—Cómo se divierten los externos.

En fin, visitando cierto caballero un manicomio, entre los muchos dementes atacados de manías extrañas, vio a uno que se paseaba por el patio del establecimiento llevando una carretilla vuelta, es decir, la parte donde se suele poner la carga, hacia abajo. Extrañado de aquella maniobra, se acercó a él:

—Buenos días.

—Felices, caballero—le replicó el demente deteniéndose.

—Y, dígame, ¿por qué lleva la carretilla de ese modo?

—Porque es el más cómodo. Sepa usted que una vez que la volví del otro lado me la llenaron de piedras.

—

CARTA DE D. FRANCISCO DE QUEVEDO A UNA QUE LE IMPUTABA LA PATERNIDAD DE UN HIJO QUE ACABABA DE TENER

Yo, el menor padre de todos
los que hicieron el niño,
que concebisteis a escote
entre más de veinticinco.

A vos, doña Dinguindaina,
que padecéis laberinto
en las vueltas y revueltas,
donde tantos se han perdido.

Vuestra carta recibí
con un contento infinito,
de saber que era tan buena
mujer que nunca lo ha sido.

Pedísme albricias por ella
de haberme parido un hijo,
como si a los otros padres
no pidiérades lo mismo.

Hágase entre todos cuenta
a cómo nos cabe el chico,
que lo que a mí me tocare,
librará en el Ante-Cristo.

Fuimos sobre vos, señora,
al engendrar el nacido,
más gente que sobre Roma
con Borbón por Carlos quinto.

Mis ojos decís que saca;
mas, según lo que averiguo,
vos me los sacáis ahora
por dineros y vestidos.

Que no negará a su padre
decís, por lo parecido,
y es el mal, que el padre puede
negar muy bien que lo hizo.

Más padres tiene que miembros,
acomodad, pues, el mío,
ya que queréis encajarme
esto de padre postizo.

¡Oh, quién viera, cuando todos
armados de acero fino

amojonen lo que hicieron
en el mayorázgo hechizo!

    Cuál dirá que engendró él solo
desde el hombro al colodrillo,
y cuál pondrá su mojón
desde la espalda al ombligo.

    Cuál conocerá una mano,
y no faltará marido
que diga, que por la priesa,
no acabó más de un tobillo.

    Haced creer esas cosas
a los hombres barbilindos,
que, por parecer potentes,
prohijarán un pollino.

    Que yo soy un hombre zurdo,
cejijunto y medio bizco,
más negro que una sotana,
más áspero que un erizo.

    Infórmele de mis partes
a ese que habéis parido;
si él por padre me admitiere,
que me tueste el Santo Oficio.

    Paréceme que trazáis
catorce o quince bautismos,
y que unos por otros dejan
moro al que nace morisco.

    ¡Qué será de ver los padres
y la escuadra de padrinos,
unos con curas y amas,
otros con vela y capillos!

    ¡Cuál andará el licenciado
cargado de sus amigos,
enviando a la parida
colación y beneficios!

    El viejo se pondrá plumas
y se quitará el juicio,
que es su cabeza cortada,
creerá como en Jesucristo.

    ¿Qué habrá gastado en mantillas
el arrendador del vino?
Seguro que le parece
hasta en lo perro judío.

Encargáisme de criarle,
siendo él criador de oficio,
que solo lo sabe Dios
por su poder infinito.

Para ayudar a engendrar,
iré, sin duda, aunque indigno,
con mi lujuria achochada
entre estas peñas y riscos.

Naveguen otros las costas,
que yo en el golfo me vivo;
que a pecar bueno y de balde
desde que nací me inclino.

Aquí, pues, sabré la historia
dese parto tan partido,
y el suceso de los padres
que vos hacéis putativos.

Aviso tendré de todo;
mas también desde hoy la aviso
que haga pagar a los otros
lo que engendraren conmigo.

Padres llame a los profesos,
que yo motilón he sido,
y con título de hermano
viviré como un obispo.

Este año, y este mes,
y perdone, que no firmo,
porque mis mismas razones
dicen que yo las escribo.

No pongo calle, ni casa,
tampoco en el sobrescrito,
porque, según vive, de ella
dirán todos los vecinos.

—

LA SUERTE ES LOCA

Había en París, hacia el final del siglo pasado, una muy linda muchacha rubia, cuyo oficio, a pesar de su belleza y quizá por ella misma, era *hacer la carrera*. La hacía sin alegría de la calle Drouot a la plaza de la Opera. Despreciaba rabiosamente los hombres desde que había sido explotada por un miserable rufián que, sobre robarla, la molía a golpes y del cual la había librado la policía a consecuencia de una desagradable historia de robo. Y desde entonces, se contentaba con llevar a su casa o seguir a cualquier parte al cliente providencial que la encontraba de su gusto, lo que, por otra parte, no ocurría, por desdicha, todos los días.

Y sucedió que, *una fría noche de enero*, como dicen los cuentos, en que helaba de firme y la pobre criatura no tenía ni para cenar, empezó como de costumbre sus tristes paseos delante de los grandes restaurantes del bulevar llenos de alegría y de luz. Se comprende sin dificultad cuál sería su estado de alma. De cuando en cuando, se detenía para cambiar unas palabras con los guardias, que la conocían de sobra, y de nuevo emprendía sus paseos sostenida por el coraje profesional y, parece mentira, por la misma debilidad y necesidad de *hacer algo*. Iba, no obstante, desesperada a renunciar a todo y a recluirse en su casa, cuando fue abordada por un hombre, ya cincuentón, que salía bruscamente del restaurante Machin.

—Muchacha—le dijo—, eres cien veces más bonita que mi querida, que acaba de tratarme del modo más grosero y hasta de despacharme de su lado. ¿Quieres llevarme a tu casa? Tengo aquí mi coche...

El hombre que así la hablaba tenía un magnífico gabán de pieles y todo su aspecto era de ricachón, de hombre acomodado. Un lujoso *coupé* le esperaba... La hermosa muchacha no dudó más.

Diez minutos más tarde, introducía al desconocido visitante en su pobre departamento, bulevar Barbés. Y apenas dentro, el cliente dijo:

—Hijita, no sé cómo excusarme, pero la escena que acabo de tener me ha... revuelto el cuerpo. No me encuentro bien... ¿Quieres indicarme dónde puedo...?

Sin mostrarse sorprendida ni burlona, la mujercita (llamémosla Renata) condujo a su huésped donde deseaba... Después volvió a la alcoba. El visitante había dejado a toda prisa su gabán de pieles sobre la cama. Renata, como cualquier mujer en su caso hubiera hecho, le miró los bolsillos, descubriendo al instante una cartera colmada de billetes de a mil... que, desde luego, no contó... y varias tarjetas con el nombre de Rafael C..., banquero, Avenida de Jena, 76.

—¡C...! ¡El millonario!... ¡Es Dios que me le envía!—pensó.

Y volvió a colocar cuidadosamente la cartera en su sitio sin ceder a la tentación de coger nada, y, en un instante, se desnudó y se metió en la cama.

—¡Caray! que es simpática esta casita—dijo el banquero, volviendo muy satisfecho.

Y la enlazó brutalmente. Ella le dejó hacer, y durante una hora se mostró la más voluptuosa y la más ardiente de las mujeres; solícita y atrevida, ardiente y vergonzosa, tan apta para las dulces atenciones como para las más ardientes caricias. Todo con tan buena gracia y tanta dulzura y picardía a un tiempo, que cuando el banquero dijo:

—¡Caramba, y mi cochero que está esperando!— tenía un billete de mil francos en la mano. Es decir, una fortuna para ella—. Toma, para ti, nenita.

Pero en aquel momento Renata tuvo una idea genial:

—¡Quieres guardarte eso!—exclamó, echándole aún una vez los brazos al cuello—. ¡Aceptar dinero del único hombre que me ha hecho feliz!... ¡De la única personilla que me ha hecho vibrar desde mi primer amante!... ¡Anda, bobo, a ti es a quien quiero, no a tus billetes!...

El banquero volvió al día siguiente y los sucesivos.

Al cabo de un mes, Renata tenía su pequeño hotel y antes de un año un castillo en Turena; luego su villa en Niza y su casa de campo en Biarritz; no mucho después, un yate.

Al morir C... le dejó treinta millones.

Hoy es una señora ya de edad que se ocupa de hacer caridades y de repartir entre los pobres el dinero a manos llenas. Tanto que ha sabido ganar el respeto y gratitud de cuantos la conocen.

(BIENSTOCK Y CURNOSNKY)

—

EL REMEDIO

Un convento ejemplar benedictino
a grave aflicción vino
porque en él se soltó con ciega furia
el demonio tenaz de la lujuria,
de modo que en tres pies continuamente
estaba aquel rebaño penitente.
Al principio, callando con prudencia,
hacía cada monje la experiencia
de sujetar con mortificaciones
las fuertes tentaciones.
No se omitió cilicio,
ayuno, penitencia ni ejercicio;
mas fueron vanas medicinas tales;
que, irritadas las partes genitales,
el demonio carnal más las apura,
dando a más penitencia más tiesura.
Supo el caso el abad, quien, aturdido
del feroz priapismo referido,
a capítulo un día
llamó a la bien armada frailería
y, después de entonado
el himno acostumbrado,
a cada cual, con humildad profunda,
pidió su parecer, por que se hallase
un medio que cortase
en la comunidad tal baraúnda.

Los monjes del convento
poltronamente estaban en su asiento
discutiendo los modos diferentes
de alejar con remedios convenientes
el bullidor tumulto
que a cada fraile le abultaba el bulto.
Viendo lo ejecutado vanamente
hasta el caso presente,
los sapientes y místicos varones
con santidad y paciencia propusieron
diversas opiniones;
pero en ninguna dieron
que a propósito fuese
para que luego la erección cediese.
En esta confusión, con reverencia,
pidió el portero para hablar licencia.
El portero (no importa aquí su nombre)
era un legazo de tan gran renombre,
que, después de rascarse aquello a solas,
hubo vez de jugar diez carambolas.
—Hable—exclamó el abad. Y él, humillado,
dijo: —Dios sea loado,
que a mí, vil gusanillo, ha concedido
lo que a sus Reverencias no ha querido.
Yo un tiempo tentaciones padecía;
mas, por fortuna mía,
hallé, un remedio fácil y gustoso
con el que al cuerpo y alma doy reposo.
—¿Y cuál es?—preguntaron admirados;
a una voz los benditos congregados.
—Padres—dijo el portero—,
tengo una lavandera, cuyo esmero,
cuando a traerme viene
ropa con que me mude,
tanto cuidado tiene
de limpiarme de manchas exteriores
como de las materias interiores,
y a este fin de tal modo me sacude
que en toda la semana
no se alborota más mi tramontana—.
Luego que oyó el abad y el consistorio
el medio tan sencillo y tan notorio

de obviar las tentaciones,
decretaron los ínclitos varones
que un voto, de común consentimiento,
se añadiese en las reglas del convento,
por el cual no pudiera
fraile alguno vivir sin lavandera.
El abad, con presteza,
dejó al punto aquel voto establecido
y a los monjes, alzando la cabeza,
dijo: —El Señor, hermanos, nos ha oído,
cuanto remedia así nuestras desgracias.
Cantemos, pues: *Agimus tibi gratias.*

(SAMANIEGO)

—

¿Cuál es el colmo de la distracción en un recién casado?
Poner a la mañana siguiente un billete de cinco duros sobre la mesilla de noche.
¿Y el de una recién casada?
Decirle al marido:
—Pero cómo, ¿no me das más que eso, rico mío?

—

A consentir al fin en su porfía
vino una dama con su enamorado,
porque por su nariz había juzgado
que tanto a buena cuenta metería.

Mas al revés salió su profecía,
porque él tenía poco, ella sobrado,
de suerte que él quedaba tan holgado,
que no sabía si entraba o si salía.

La dama malcontenta: dijo: —¡Ay, triste,
qué mentirosa la nariz me ha sido!—
Pero él replicó como hombre diestro:

—Este defecto, dama, no os contriste,
pues si mi gran nariz os ha mentido
a fe que ha dicho la verdad lo vuestro.

(QUEVEDO)

—

El Padre Andrés Agustín decía, dirigiéndose a las damas desde el púlpito:

—Os quejáis del ayuno; os lamentáis de que os adelgaza. No puedo creerlo; ved—añadía, subiéndose la amplia manga de la sotana y mostrando su enorme brazo desnudo—, yo ayuno todos los días y aquí tenéis al más delgado de mis miembros.

—

He aquí los restos mortales
de una mujer de talento,
en cosas municipales,
es decir, de ayuntamiento.

(BALDOVI)

—

Una señora pierde en una calle de Londres una liga. Un pastor que pasaba junto a ella en el momento de desprenderse la liga de la pierna, la recoge y la dice entregándosela:

—*Deuteronomio,* capítulo tal, versículo tal.

La señora, al llegar a su casa, abre la Biblia y lee en el pasaje indicado: "La felicidad está más arriba".

—

Purgóse, cierto día, don Balbino,
con tres vasos de aceite de ricino.
Bien sabe Dios que el pobre no abusaba,
al beber el aceite con el vino.
Eso, y a veces más, necesitaba
para poner al vientre en movimiento;
pues, según él contaba,
ya desde su lejana adolescencia,
padecía un atroz estreñimiento.
¡Oh, vosotros, espejo de decencia,
los que vais diariamente al excusado,
compadeced al hombre que, obligado
a conservar el bien de la existencia,
da entrada a la comida
y no puede al residuo dar salida!

Como era don Balbino muy galante,
y, aunque parezca extraño, muy corriente,
despreciando la fuerza del purgante,
marchó tranquilamente
a la tertulia donde pasa el rato,
encantando a las damas con su trato.
¡Pero ya le pesó!... La activa purga
su efecto preludió con ciertos ruidos;
como, del cornetín con los sonidos,
preludia sus tocatas una murga.
Soltó un pedo, dos, tres... Se puso el pobre
más encendido que el rojizo cobre;
y cuando más luchaba y reluchaba,
temiendo al proyectil, que ya asomaba,
allí, de las señoras en el corro,
soltó de mierda un chorro,
que, aunque salió de incógnito, sobraba
para que sus vecinas infelices
tuvieran que taparse las narices.

—

Enseña la experiencia
que, en los casos de purga y de conciencia,
el que se mete en la ocasión la paga.
La ocasión es traidora..., ¡al fin la caga!

—

El médico a la enferma:
—Y, desde luego, señora, le prohíbo a usted terminantemente todo contacto carnal con su marido.
La enferma:
—Por eso, pierda usted cuidado, mientras no regañe con mi amante.

—

A UNA SEÑORITA QUE ABORRECÍA
A LOS HOMBRES

Quien goza de tu ardiente delantera
es un alfiletero, ¡qué diablura!
Pues, tiesa, te deleita la madera

y por escurridiza la pintura;
poca es la leña para tanta hoguera;
si a un palo le regalas tal dulzura.
y con él hoy tu sexo así se huelga,
¿qué haré yo con la carne que me cuelga?

—

—¿Cómo no se ha casado usted, señorita, siendo tan bella, tan agradable y tan rica?

—Porque, después de la descripción del matrimonio que escuché de labios de un famoso literato, he perdido las ganas de contraer matrimonio.

—¿Pues qué decía? ¿Cómo describía el matrimonio?

—Como un cambio de malos humores durante el día y de malos olores durante la noche.

—

Al arrabal se murmura
que acudes, enamorado,
de oculta pasión picado,
a picar a cierta dama.
Si esto es así, cosa es llana,
Fabio, que si acudes tal
a picar al arrabal
que eres amante almorrana.

(S. J. POLO)

—

El señor cura ha sido invitado a comer en el castillo, adonde llega, no por el amplio camino que conduce a la puerta principal, sino por uno de los menos frecuentados senderos del parque. Y antes de llegar, creyéndose al abrigo de toda indiscreción, se permite hacer aguas para estar luego despreocupado. Mas, por desdicha, la condesa, que hallábase a su vez en una habitación excusada, le ve y lo ve, y, llegado el buen *páter* al salón, y después de los saludos de rúbrica, le indica si antes de pasar al comedor no desea lavarse las manos.

—No, muchas gracias, señora condesa—responde el *páter*—; pero en toda la mañana no he tocado otra cosa que mi breviario.

—¿Es posible?—replica vivamente la noble señora—. En este caso su breviario, señor cura, tiene enteramente la forma de una morcilla.

—

—Dime: ¿de dónde ha salido
tanto fleco y tanta grana?
¿Eres tabernera, Juana?
¡Cuánto vino mal medido!
    —No procede de sisar—
respondió Juana, atrevida—;
pero sí de la medida,
que me la dejo tomar.

(J. IGLESIA)

—

Una marquesa fue detenida en un bosque por unos ladrones, quienes, después de detener su carroza y atar a los que la conducían, se apoderaron de cuanto llevaba, y no contentos con ello, la violaron cumplidamente. Y como días después la preguntasen en una reunión que qué había dicho a los miserables ladrones cuando la estaban acariciando, ella replicó muy decidida:

—¡Vaya una pregunta! ¿Y qué querían ustedes que dijera?... Lo que decimos siempre: ¡Ay, ladrón mío! ¡Ay, ladrón de mi alma!...

—

Una vieja se moría,
y el marido, de ayes harto,
entrar a verla en el cuarto
a viva fuerza quería.
    Y viéndose detener
por amigos, clama al cielo:
—¡Dejad, que siempre es consuelo
ver morir a su mujer!

(CRESPO)

—

EN EL "CINE"

Un matrimonio ha ido a ver *Las catástrofes de la envidia,* drama cinematográfico en que la actriz Etelvina del Ciruelo hace una verdadera creación interpretando el papel de *la Pelos,* una golfilla de la calle. Desde luego, haciendo de golfa, Etelvina no tiene rival, a pesar de que otras muchas artistas de la pantalla y fuera de ella no le van a la zaga.

Pero a lo que importa: Apenas establecida la oscuridad, el marido empieza a interesarse mucho más que por la película, por una rubia que le ha tocado en la butaca inmediata, que, si no es la propia Etelvina, es digna de serlo.

Y, naturalmente, empieza el tacto de pies, luego el de codos, en seguida es una mano que se escapa, y como la rubia parece mucho más *inamovible* que ahora los funcionarios públicos con la República, el bueno del marido está en plena y profunda acción cuando súbitamente se hace la luz de nuevo.

Tan súbitamente, que el marido tiene el tiempo imprescindible para retirar la mano, que, por hacer algo, se pasa concienzudamente por el bigote.

Su mujer en este instante vuelve la cabeza para comunicarle sus impresiones sobre la película, y al verle, no puede contener un grito:

—¡Ah!... Pero... ¿Qué te pasa, Julián? ¿Sangras por la nariz?...

Nada más.

—

A una rubia de cabello,
dijo Avelino en el piano:
—Después del vals de Venzano,
¿quieres que te toque aquello?—
Y ella, amable, como es justo,
a tan rendida fineza,
contestóle al punto: —Empieza,
que me darás mucho gusto.

—

El gran protonotario Beraud, limosnero del rey Francisco, cuando se acostaba con alguna dama de la corte, llevando hasta ellas la caridad a que estaba tan acostumbrado, llegaba a la docena, y por la mañana les decía todavía:

—Dispénseme usted, señora, si no he podido hacer más, pero es que ayer estuve de purga.

—

Magdalena me picó
con un alfiler el dedo:
díjela: —Picado quedo—;
pero ya lo estaba yo.
Rióse, y con su cordura
acudió al remedio presto;

> chupóme el dedo, y con esto
> sané de la picadura.

(BALTASAR DE ALCÁZAR)

—

En una pequeña aldea de Galicia, el cura había invitado a algunos amigos a comer, uno de los cuales le trajo un escribano, con el que se fue a la cocina para explicarle a Eulalia, la nueva ama del señor cura, una paisanota joven y fresca, que hacía poco que había llegado de una de las aldehuelas del interior, cómo había que prepararle. Así lo hizo, añadiendo al final:

—Por supuesto, Eulalia, ten en cuenta que si te acuestas con el señor cura, este animal al cocer se volverá completamente rojo.

—¡Qué cosas tiene usted!—exclamó la muchachota, riendo de muy buena gana.

Una hora después todo el mundo estaba a la mesa esperando impaciente la llegada del suculento escribano; pero como no llegaba por ninguna parte, empezaron a gritar, el Padre cura el primero:

—¡El escribano! ¡A ver ese escribano!

—¡Eulalia!—exclamó al fin impaciente el *páter*—. ¿Pero vas a traer ese condenado bicho?

Poco después entraba Eulalia aún más colorada que el escribano y poniéndole sobre la mesa dijo muy enfadada:

—¡Qué capricho, señor cura, que todo el mundo sepa que me acuesto con usted!

—

Soy toquera y vendo tocas
y tengo mi cofre donde las otras

Es chico y bien encorado
y lo abre cualquiera llave,
con tal que primero pague
el que le abriere, el tocado;
que yo no vendo al fiado
como las toqueras locas...
Soy toquera y vendo tocas.

Es mi cofre de una pieza,
pero caben muchas dentro,
y no le veréis el centro
aunque metáis la cabeza;
y negocio con presteza

y despacho bien mis tocas,
y tengo mi cofre donde las otras.

Lo que más todos le alaban
es que no consiente clavo,
que los hincan hasta el cabo
y al momento se desclavan;
en cualquier gozne se traba,
no le manchan cosas pocas...
Soy toquera y vendo tocas.

Vendo tocas enceradas
y descansos muy delgados
y diferentes tocados,
si hay pagas adelantadas:
aunque las compro estiradas,
por vender más las doy flojas,
y tengo mi cofre donde las otras.

(GÓNGORA)

—

Dos amantes disputan. Él está celoso. Parece ser que ella ha tenido algunas distracciones sobre un colchón con un tal Adolfo.

—¡Adolfo!... ¡Adolfo!...—protesta ella con la indignación de una virgen ultrajada—. ¡Parece mentira que digas eso!... Entre ése y yo no ha habido nada... ¡Ni ayer ni nunca!, para que lo sepas.

Y se va muy ofendida.

—¡Júramelo!

—¡Lo juro!—Él sonríe y va a pedir perdón, mientras ella exclama por lo bajo: —¡Ni siquiera una camisa!...

—

Compró un billete Matías,
el cual premiado salió,
y en aquellos mismos días
la mujer se le murió:
"Esas son dos loterías".

(PLÁCIDO)

—

Varios muchachos habían pensado ir a un baile de Carnaval. Era el primer baile al que iban a acudir, es decir, que aún estaban lejos de saber por experiencia propia que un baile de máscaras es la meta del aburrimiento y estaban felices, y durante un par de meses, lo menos, habían trazado los más fantásticos planes. Pero, como el hombre propone y Dios dispone, sucedió que, de los cuatro, al llegar el momento de obrar, dos se vieron en la imposibilidad de ir al baile. Pero oigámosles a ellos, que se han dado cita la tarde misma que antecede a la esperada noche, en un café, donde ya aguardan Luis y Mariano y adonde a poco llega Enrique, el potentado de la partida.

Enrique llega, sí, pero con una cara...

—¿Qué pasa?

—¿Qué te ocurre?

—¡Que yo ya no voy al baile!—Momento caótico.

—¿Que no vas al baile?

—¿Por qué?

—El hijo de la gran... Bretaña de nuestro director espiritual, que se lo ha debido de oler, ha hablado con mi padre y dentro de un cuarto de hora me encierran para no salir hasta pasado mañana.

—¡No vuelvas ya!—aconseja Luis, pronto siempre a las resoluciones heroicas que no han de repercutir sobre sus costillas.

Otro momento caótico. Enrique era la salsa de la fiesta.

—En fin, se lo diremos a Blas, a ver qué piensa...

—¿No le habéis visto hoy tampoco?—pregunta distraídamente el desdichado Enrique.

—Tampoco.

—Con tal de que a él no le haya ocurrido también algún contratiempo.

Pero sí le había ocurrido. Poco después llegaba, ¡y en qué estado! Sin poderse mover.

—¿Qué tienes?—preguntan a una los tres amigos al verle pálido y andando difícilmente con la ayuda de un bastón.

—¡Nada más que unas purgaciones como una catedral!

—¿La nueva esa de casa de Flora?

—¡La nueva de casa de Flora, que maldita sea su estampa!

Enrique mira su reloj. Aún le queda tiempo. Se levanta como una exhalación y se despide de sus amigos.

—Si aún vais vosotros dos al baile, que os sea leve.

—¿Pero adónde vas?

—A meterme en la cama con la nueva de la Flora.

—¡Pero estás loco!—le grita Blas. Pero ya Enrique ha desaparecido.

Ocho días después los tres amigos esperan en el mismo sitio a Enrique, que les ha citado y que llega apoyándose en un bastón, pálido pero sonriente.

—¡Pero, hombre, serás bruto!—le dice cariñosamente Blas, que aún renquea también.

—¿Bruto? ¡Genial es lo que soy!—y ante los asombrados amigos lanza esta justificación digna de Sócrates por lo lógica, directa e irrebatible:

—¿Sabéis para qué he atrapado estas magníficas purgaciones? ¡Que lo son, os lo juro!

—No, si yo te creo por tu palabra—dice con un gesto de dolor Blas.

—Pues para... ¡jeringar a nuestro director espiritual, que tantas me debe!—Y como sus amigos no comprenden, explica: —Ya se las he pegado a la doncella de casa; ésta se las endosará a mi padre; mi padre a mi madre, y mi madre a ese sopla... sermones. Conque, ¿soy grande o no soy grande?

———

Aquí yace Juan, querido
de la más bella casada;
fue muerto de una cornada.
—¿Y quién le mató?—El marido.

(PLÁCIDO)

———

Una encantadora damita escogió un sombrero en un almacén de modas:

—¿Cuánto vale?

—Es un modelo, señora, baratísimo: doscientas cincuenta pesetas.

—Me quedo con él; pero me va usted a hacer tres facturas: Una de quinientas, otra de trescientas cincuenta y la tercera de treinta y cinco pesetas para mi marido.

———

Pensó en la difunta esposa
y, —¡Ay, de todos fue querida—
gritó Juan, con voz llorosa;
y el hombre no dijo cosa
más verdadera en su vida.

(E.G. BEDMAR)

———

Un bailarín volvía sin alientos a su cuarto, y dice arrojándose en una silla:

—¡Qué asco de oficio! ¿No encontraría un oficio que me enriqueciese sin fatigarme tanto?

—Toma el oficio de cornudo—le replicó un amigo—; en él la mujer lleva todo el trabajo.

—

En Madrid robé un ajo
a una tendera,
me ordenó la justicia
que el ajo diera.
Como mi honra y fama
estaba allí,
me arreglé de manera
que el ajo di.
Pedro, mi amigo, al verme,
—Muy bien hiciste—
dijo—, pues he sabido
que el ajo diste—.
Y al que murmuró, ufano,
así contestó:
—Sabed todos, imbéciles,
que el ajo dio.

(SEBASTIÁN DE OROZCO)

—

Un procurador fue a confesarse acompañado de su mujer, y ésta pasó a purificarse la primera. Pero el cura, que estaba ya harto de oír poco más o menos las mismas bobadas, se durmió, y la penitente, creyendo que la música del órgano que embalsamaba la iglesia le había impedido oír la absolución, se levantó, dejando el puesto a su marido. Este, oyendo al cura roncar, le dijo:

—Padre, ¿está usted dormido?

—¡De ningún modo, señora!—replicó el *páter* despertando de muy mal humor—. ¡Qué he de dormir! El último pecado de que se estaba usted acusando es de haberse acostado tres veces con el primer pasante de su marido. Siga...

—Señor vicario, le pido
que me divorcie—decía
Juana—, porque mi marido
me maltrata cada día.

—Cierto será; pero extraño
no verte golpes jamás.
—¡Es, señor, que todo el daño
me lo causa por detrás!

(M. CORCHADC)

—

Una tarde de cuaresma, el Padre, habiendo ido de pesca, pescó una magnífica anguila. Mas, como se le hiciese tarde, la metió bajo su sotana y volvió hacia la iglesia en el momento en que la campana anunciaba el sermón. Entonces, por no perder tiempo, y temeroso de quedarse sin anguila si la dejaba en la sacristía, tal y conforme venía, se plantó la sobrepelliz y subió al púlpito. Pero, como la anguila seguía viva, empezó a moverse y a dar verdaderos *saltos,* que, al agitar su sotana por un sitio tan particular, llamó vivamente la atención de sus oyentes, que pronto empezaron a cuchichear y a reír. Pero de tal modo que no tardó él buen *páter* en darse cuenta.

—¡Canario! ¿Qué es lo que os habéis creído, libidinosos?—gritó con justa cólera. Y desabrochando su sotana y empuñando la anguila, acabó mostrándosela: —¡Sabed y volved a lo que estamos, que no es carne, sino pescado!

—

EL CABO DE VELA

Salió muy de mañana
a oír misa en la iglesia más cercana
una vieja ochentona
de vista intercadente y voz temblona.
A la del Hospital se dirigía
porque junto vivía,
llevando, por no haber amanecido,
de una vela encendido
el cabo en su linterna,
cosa bien útil, aunque no moderna.
Dejémosla que siga su camino,
y vamos a contar lo que el destino
la tenía guardado. Un día antes,
los mozos practicantes
del Hospital, cortaron con destreza
en la disecación la enorme pieza

de un soldado difunto
y, para mantenerla en todo punto
de su hermoso tamaño,
con un cañón de estaño
la llenaron de viento;
en seguida el pellejo al instrumento
con un torzal ataron
al Corte y como nuevo le dejaron.
Jugaron luego al mingo
con él, y cada cual daba un respingo
cuando se lo tiraban
los unos a los otros que allí estaban,
siendo de tal diablura
objeto su grandísima tiesura.
Después que se cansaron,
a la calle arrojaron
de su fiesta el prolífico instrumento;
y aquí vuelve mi cuento
a buscar a la vieja, que con prisa
por la calle pasó para ir a misa.
No precisa el autor de aquella historia
si tropezó en la tiesa canilbria
o en otra cosa; pero sí nos dice
que la vieja infelice,
por ir apresurada,
dio en la calle tan fuerte costalada
que se desolló el cutis de una pierna,
y, por el golpe rota la linterna,
perdió el cabo de vela y se vio a oscuras;
¡causa un porrazo muchas desventuras!
La pobre, al fin, se levantó diciendo:
—¡Ah, Satanás maldito, ya te entiendo;
mas no te bastarán tus tentaciones
para que pierda yo mis devociones!—
Entretanto, tentaba
el empedrado, por si el cabo hallaba,
y tal fortuna tuvo
que, al poco tiempo que buscando anduvo,
dio con la erguida pieza del soldado,
y al cogerla exclamó: — ¡Dios sea loado!—
Como no había allí donde encenderla,
tuvo en la faltriquera que meterla,
y, a la iglesia sus pasos dirigiendo,

llegó cuando la puerta iban abriendo.
Oyó misa y entró en la sacristía
para encender su cabo;
acercóle a una luz que en ella ardía;
pero el maldito nabo
dio con la llama tal chisporroteo
que apagó aquella vela.
La vieja, al ver frustrado su deseo,
al sacristán apela
para que le encendiese;
él la tomó, ignorando lo que fuese,
y le arrimó a la luz de otra bujía;
mas, como chispeaba y nunca ardía,
de la vela a la llama
le examina y exclama:
—¡Cuerpo de Cristo! ¡Qué feroz pepino!
Tómelo, hermana, usted que tendrá tino
para saber lo que con él se hace,
que yo no enciendo velas de esta clase.—
Atónita la vieja, entonces mira
con atención el cabo, y más se admira
que el sacristán, diciendo:
—En cincuenta y tres años que siguiendo
estuve la carrera
de moza de portal y de tercera,
no vi un cirio tan tieso y tan soplado.
Quién en sus tiempos se lo hubiese hallado!

(SAMANIEGO)

—

DIOS AYUDA
A QUIEN SE AYUDA

La perseverancia y la lealtad en los negocios siempre encuentran la debida recompensa.

Así ocurrió a los señores de Téllez, propietarios de una hospitalaria casa situada en un tranquilo y apartado lugar de la Costanilla de Santa Magdalena, donde, después de varios años de trabajo incesante, consiguieron reunir una bonita renta que aumentada con lo que les valió el traspaso del santo local les permitía vivir como burgueses bien, en una magnífica finca rústica que compraron en Villapijos del Fresno.

—Y, sin embargo—gustaba de contar modestamente la señora Téllez—, bien sabe Dios que empezamos con nada en familia; yo, mi marido y mi cuñada para el trabajo serio, y mi hija mayor para los extraordinarios. Claro que estábamos incansablemente a lo nuestro e incluso los días de gran entrada, fue preciso, algunas veces, que mi pobre abuela, a pesar de sus ochenta y cinco años, hiciera alguna vez... el ejercicio...

—

Envidia tengo, y no poca,
al corsé que lleva Andrea,
no por lo que la hermosea,
sino por lo que le toca.

(PLÁCIDO)

—

En un banquete, su excelencia el señor arzobispo ha sido colocado al lado del Gran Rabino, y al poco rato comen y conversan amigablemente. Cuando llega el plato de fiambre, su excelencia dice al Gran Rabino con tono irónico:

—¿Un poco de jamón, señor Rabino?

—No, no, eso me está prohibido; no puedo tomarlo.

—Hace usted mal; el jamón es cosa buena, ¡pero buena!

Algunas horas después, terminada la fiesta, el Gran Rabino se despide de su excelencia.

—Encantado, excelencia, de la agradable noche que me habéis hecho pasar y... mis respetos a la señora.

—¡Cómo!—protesta su excelencia—. Usted sabe perfectamente que los sacerdotes de la religión católica hacemos voto de castidad.

—Pues hacen ustedes mal—replicó el Rabino en el mismo tono que cenando empleara el arzobispo—; la mujer es cosa buena, ¡pero buena!

—

Aquello que en las damas es aquello
que cuando más guardado más goloso;
aquel que es envidiado y envidioso;
aquel hermoso hechizo todo bello;
aquel que sólo sirve para aquello,
bocado, si nocivo, tan sabroso,
punto en el centro de animal hermoso,
nema de la honra, pues está por sello.

Gusto y disgusto de los hombres eres,
luna en los meses, en los días y horas,
tirano de alevosos, ¿qué nos quieres?
Pues si a fuerza de oro nos mejoras,
aunque su alhaja venden las mujeres,
siempre contigo quedan, no lo ignoras.

(QUEVEDO)

—

No sin haberse hecho rogar mucho, aceptó a pasar con él una hora en una habitación de una casa de compromiso.

Lo que ocurrió durante aquella hora bien se adivina. Y además, justo es decir que ella estuvo sencillamente encantadora. Mas, de pronto, fue sobrecogida de tal crisis de nervios y de lágrimas, que a él le dio pena.

—¿Por qué llora usted?—le dijo dulcemente—. ¿Es que está usted pesarosa de haber engañado a su marido?

—No; no se inquiete usted por mí; es nervioso— replicó ella—. Me ocurre igual todas las veces que le engaño.

—

—¡Jesucristo! Es un tormento—
decía la mujer de Antonio
—eso de que un matrimonio
duerma en un mismo aposento.
    —Pues, Juan—repuso María—
me da gusto, y es rareza;
siempre ha tenido una pieza
diferente de la mía.

(M. CORCHADO)

—

SANGRE FRÍA

—La sangre fría y la presencia de ánimo, amigos míos—decía Alfonso Aliáis—, es una de las más grandes virtudes y de lo más útil que se puede tener en este mundo.

Un día, en una sala de espectáculos colmada de gente, estalla un incendio. Al instante, llenos de pánico, dejan todos sus butacas y corren hacia las salidas en espantoso desorden.

Entonces, un caballero, que no había perdido su sangre fría, se encarama a una de las butacas y arenga a los que se atropellaban, en estos términos:

—Señores y señoras: No hay ningún peligro. Vuelvan a sus puestos y tengan calma, que nada nos amenaza gravemente.

Su calma y su tranquilidad se impuso. Tan contagioso es el miedo como el valor. Todo el mundo tranquilizado volvió a su puesto y ocupó su butaca. Y ni uno se salvó de las llamas.

—

El que juegue a las damas,
al punto coma,
porque si no, el contrario
llega y le sopla.
Me he descuidado,
y una que yo tenía
me la han soplado.

—

Su ilustrísima estaba en ronda de confirmación. Todo había transcurrido sin novedad, y el señor obispo, sabiendo que el párroco se trataba bien, y un poco fatigado, además, pues llevaba varios días de viaje, se había dignado aceptar la cena ofrecida. La cena fue, por otra parte, digna de su ilustrísima, tanto, que el señor obispo hizo venir al ama y la felicitó calurosamente. Que por cierto, no era menos abundante y magnífica que la cena, como muy bien notó su ilustrísima, así como que sus ojos eran espléndidos, a pesar de que los tenía pudorosamente bajos mientras la felicitaba.

—Tráenos el café—dijo el no menos satisfecho cura.

En aquel momento estalló un trueno, y como si los elementos se hubiesen desencadenado de repente, empezó a caer una lluvia furiosa que azotó los cristales con inusitada violencia.

—¿Qué ocurre?—preguntó su ilustrísima, que no comprendía que estando él tan a gusto y repleto hubiese nada desordenado.

—Ocurre, ilustrísimo señor, que la tormenta que amenazaba está descargando y que dentro de cinco minutos los caminos estarán intransitables.

—Pues es un contratiempo, porque ¿cómo salgo de aquí?

—De ningún modo por esta noche, ilustrísimo señor. Me veo precisado a rogarle acepte mi hospitalidad hasta mañana.

Y así hubo que hacerlo; mas como en la rectoría no había más que dos camas, porque el ama no tuviera que dormir sobre unas sillas, su ilustrísima prefirió compartir el lecho del párroco con éste, que aceptó por obra de obediencia.

Y como con buena voluntad todo se arregla, sucedió hasta que su ilustrísima pasó una noche excelente e incluso hubiera descansado hasta muy tarde, si apenas despuntaba la aurora no hubiese sido despertado por tres o cuatro fuertes palmadas en el culo, al tiempo que la voz del párroco decía:

—¡Catalina!, arriba, que es preciso tocar a *Angelus*.

———

Perdió al final de su viaje
un bulto cierto viajero,
y entre airado y lastimero,
al reclamar su equipaje,
decía, haciendo un insulto
a la moral y a la empresa:
—Yo no me voy de esta mesa
sin que me busquen el bulto.

(B. BUSTILLO)

———

Un predicador con más letras que elocuencia y talento propio, solía tomar para sus discursos tan abundantemente de otros grandes predicadores, que apenas había en sus sermones una palabra suya.

Decidido un erudito a chafarle, se puso una tarde al pie del púlpito, y a cada frase que le cogía robada, empezó a decir en alta voz una sola palabra, pero suficiente, el nombre de aquel a quien pertenecía lo que con tanta frescura daba por suyo. Así, apenas había empezado a predicar se oyó su voz, que, al terminar un redondo párrafo el predicador, exclamaba, grabando la paternidad de lo escuchado:

—¡Bourdaloye!

El predicador se detiene un instante, pero al punto toma el hilo de su perorata, hasta que momentos después vuelve a sonar la voz a sus pies:

—¡Fray Luis de Granada!

El del púlpito se muerde los labios, se detiene de nuevo y de nuevo sigue haciendo de tripas corazón. Y, de nuevo, al poco rato, suena la voz acusadora:

—¡Bossuet!

Incapaz de aguantar más, estalla sin poder reprimir su esta vez natural elocuencia:

—¿Quién es el hijo de puta que interrumpe?

—¡Usted!—dice simplemente la voz a sus pies. Y; claro, no hubo más sermón.

—

LA POSTEMA DE MARICA

Muy enferma está Marica,
la hija de Andrés Chamorro,
de un gran dolor que le traba
vientre, caderas y lomos.
Dicen que su mal procede
de la picada de un bromo,
porque, lavando en la mar,
quiso meterse a lo hondo.
Otros dicen que, tendiendo
los palos en un madroño,
cayó y metióse al alzar
un garrancho por el codo.
Otros, que le vino gana
de merendar un repollo,
y no tanto por las pencas
cuanto por chuparse el troncho.
Otros, que estando en su huerta
le vino un terrible antojo
de comer unos pepinos,
e hízole mal un cohombro.
Otros dicen que, jugando
a los bolos con un mozo,
por birlar con ambas bolas,
se lastimó con un bolo.
Y dicen del sacristán
que, cantándole un responso,
por echarle el agua encima
la alcanzó con el hisopo.
Que, estando en la herramienta
del carpintero Palomo,
le dio en peligrosa parte
con más de un palmo de escoplo.
Y dicen que se le ha hecho
en la barriga un forondo,
y este la crece y mengua,
siete meses y va en ocho.
Y aun al cabo de los nueve,
a la entrada del otoño,

cuando blandamente el cierzo
quita las hojas del olmo,
le vino un dolor agudo
tan pesado y malicioso
que, por donde entró el pepino,
se le reventó el forondo.
Echó la postema viva,
con admiración de todos,
y envuelto en ella, un retrato
del cura Martín Redondo.

———

En el salón, después de comer, el célebre explorador tiene a todos los presentes entusiasmados y suspensos del encanto de su conversación.

Habla y describe con singular viveza y ameno estilo la lujuriante vegetación africana.

—En ciertas regiones—explica, empleando al mismo tiempo una mímica muy expresiva—me ha sucedido hallar plátanos largos y casi tan gruesos como mi antebrazo (muestra el suyo) y nueces de coco gordas como dos puños (y trata de dar una idea de su tamaño con sus dos manos reunidas).

—¡Qué prodigio!—salta, con admiración, cierta señora sorda como una tapia, pero a la que no ha escapado el menor de los gestos del explorador—. ¡Siempre había oído decir que esos negros eran hombres extraordinarios!

———

Esta noche, Lisida, yo soñaba...
Sí; sueño fue no más, que, a mi despecho,
a acostarte venías en mi lecho
y el Amor por la mano te guiaba.

Sacando el dios un dardo de su aljaba,
rasgó de tu pañuelo el lazo estrecho,
quedando al aire el blanco y duro pecho
que yo con dulces besos adoraba.

Yo el último deleite te pedía,
y tú me lo rehusabas con empeño;
el Amor nos miraba y se reía.

Y hecho, por fin, de tu hermosura dueño,
a un mismo tiempo a entrambos nos venía...
el pesar de que todo fuese un sueño.

(QUEVEDO)

—

Pasaba un cura, a horas destempladas de la noche, por una calle muy concurrida por ciertas mujeres a quien una posición que adoptan con frecuencia ha dado nombre, cuando, de un grupo en que había varias reunidas, sale la voz de una, que dice, sin recatarse, en el momento de pasar junto a ellas nuestro hombre:

—¡Un cuervo! ¡Lagarto, lagarto! ¡Dejarme que toque hierro, que me hará provecho¡—acaba, buscando febrilmente en su bolsillo la llave, que muestra triunfante.

—Mucho más provecho, hija mía, te haría una buena inyección de mercurio—replica el padre con su mejor sonrisa.

—

Se acabó de confesar
la sobrina del vicario
y empezó, contrita, a orar
al pie del confesonario.
Y aun el padre repetía:
—¿La castidad te interesa?
al tiempo que ella decía:
—¡Me pesa, Señor, me pesa!

—

—¿Te ha costado caro este abrigo?
—Una mentira a mi marido y mil quinientas pesetas a mi amigo.

—

El libro precioso
de tu persona
ando yo registrando
hoja por hoja.
    Y hallo con gusto
que son admiraciones
todos los puntos.

—

Un hombre ya muy entrado en años decía a una deliciosa mujercita:

—¡Qué felicidad, si usted quisiera! ¡Toda mi vida la pasaría yo amándola!

—¡Qué egoistón!—replicó la taimada—. ¿Y yo? ¿Qué haría yo durante ese tiempo?

—

De parto estaba, y penoso,
la pobre mujer de Lucas;
ponía el grito en los cielos,
sordos a sus quejas muchas;
Lucas también se quejaba
de verla en tanta apretura;
y ella, para consolarle,
le dijo: —No te consumas;
no llores por mis dolores,
que tú no tienes la culpa.

(J.R. DE AVELLANO)

—

LOS REFLEJOS DE LA GLORIA

León Bonnat, que era, al mismo tiempo que el pintor de retratos más afamado en Francia hace ochenta años, un gran apasionado de todas las artes y un ávido coleccionador de objetos artísticos, vagaba un día a través de las calles del viejo Montmartre, en París, en busca de algún objeto raro y precioso, cuando descubrió en el escaparate empolvado de una olvidada tienda de antigüedades una estatuilla que le pareció florentina, y de buena época.

Entró y preguntó su precio.

—¡Oh, admirado maestro!—le respondió el anticuario con un respeto en que brillaba la admiración hacia el renombrado artista que acababa de entrar por la primera vez en su casa—, para cualquiera serían quinientos francos, pero para usted, trescientos cincuenta.

Muy orgulloso de su popularidad, el buen Bonnat, aunque no pensaba haber dado sino una mitad de aquella cifra, a todo tirar, pagó sin más y dio su dirección.

Y ya alcanzaba la puerta, cuando el comerciante, deteniéndole, le preguntó:

—Perdone, querido maestro, pero ha olvidado usted darnos su nombre.

—

Cubrid las ligas, amigas,
sin meterme en tentación,
que yo no soy gorrión
para que me arméis con liga.
Halláisme ya tan de paz
y tan templado a lo viejo
que no basta el rapacejo
para tornarme rapaz.
No esperéis a que os lo diga
por segunda monición;
que yo no soy gorrión
piara que me arméis con liga.
Esa rosa que os parece
que ha de ponerse osadía,
es rosa de Alejandría
que me estraga y enflaquece.
Acabad de echar, amiga,
a la jaula el pabellón,
que yo no soy gorrión
para que me arméis con liga:
Aunque en cualquiera refriega
una liga es respetada,
no es esta liga la armada
que contra el Turco navega.
No penséis que me perdiga
tan moderada ocasión,
que yo no soy gorrión
para que me arméis con liga.

(J. DE SALINAS)

—

Un día, cierta ilustre señora que había pedido audiencia al cardenal Ferrata, le preguntó si consideraba que "amar" fuera del lecho conyugal constituía un pecado mortal.

El cardenal, sonriendo, le respondió:

—Antes sí lo creía, pero ya no lo creo.

—¿Y desde cuándo no lo creéis, monseñor?

—Desde que os conozco, señora—replicó el ilustre prelado.

—

Filis, tus adoradores
burlas alegre y festiva,
cual la ninfa fugitiva
que juega con los amores.
Joven beldad, los ardores
que inspiras aun no has sentido;
mas cuando prenda Cupido
en tu corazón su fuego,
verás cuán serio es el juego
que empieza con un gemido.

(ALBERTO LISTA)

—

EN EL CONFESONARIO

El cura.—En fin, veamos sin detalles que me escandalizan, ¿cuántas veces ha engañado usted a su mujer?

El penitente.—¡Oh, señor cura!, he venido aquí para humillarme, no para alabarme.

—

Una en buena cuenta no hace cuenta;
dos veces ya podrá decirse una;
mas una sola dígole ninguna;
de gentileza tres es argumento.
De cuatro, valentía es el intento;
de cinco, su blasón es la columna,
y si hay quien llegue a seis con su fortuna,
bellaquería es y atrevimiento.
Deben tener las cosas su medida,
con mucha miel se estragan los guisados;
lo dulce cuando es poco es agradable.
Remítase a la cuenta la corrida
antes que los caballos mal usados
algún torzón padezcan incurable.

(QUEVEDO)

—

En una pequeña capital de provincia, fue llamado un médico para prodigar sus cuidados a una joven. ¿Qué mal la aquejaba? ¡Pobre!, su cintura, que no cesaba de aumentar desde hacía algunos meses. En fin, todo ocurrió de la mejor manera, y dos horas más tarde (la joven era expedita en todo) el médico presentaba a los apurados padres un robusto muchacho, que llegaba a este mundo con tremendas ganas de vivir.

Pero el crío, por hermoso y robusto que fuese, no hacía el negocio de los abuelos, que, honrados burgueses y en una pequeña capital como aquella, ya preveían el escándalo que se iba a armar.

—¿Qué hacer, señor, qué hacer?—decía el apurado padre de la joven, con tal amargura que hubiera ablandado una piedra—. Su deshonra caerá sobre nuestras cabezas encanecidas. (Era gente sencilla que no se teñía a pesar de necesitarlo.)

El médico, contristado y todo, tuvo de pronto una idea salvadora.

—No se lamenten ustedes más, nobles ancianos (qué lenguaje más digno para un médico que se dirige a los padres afligidos, y para una novela): yo voy a remediar las cosas. Tranquilícense.

Y habiendo envuelto al recién nacido convenientemente, salió llevándole bajo su capa.

Cinco minutos después estaba en casa del señor deán, al que cuidaba hacía días de unos violentos cólicos que no le dejaban punto de reposo, no sin antes haberse provisto en la suya de ciertos instrumentos que juzgó necesarios. La vieja ama del sacerdote le abrió y volvióse en seguida a sus quehaceres, por lo que nuestro hombre, llegando a la habitación de su cliente y amigo, luego de haber dejado en la inmediata, sobre un sofá, su preciosa y minúscula carga, le miró, remiró, palpó, apretó, estrujó y, finalmente, dijo:

—Pues bien, amigo mío; ¡ya me lo temía yo, pero no le había querido decir nada hasta tener la certeza que ahora tengo! ¡Tiene usted una extraña enfermedad, de donde le provienen los cólicos, enfermedad que necesita una urgente operación, o su vida peligra!

—¡Dios mío!—gimió el pobre deán—. ¡Dígame usted, en nombre del cielo, qué es lo que tengo!

—Por ahora sólo le digo que le voy a operar, que lo que resulte bien lo veremos los dos.

Y se puso manos a la obra.

Ya pueden ustedes imaginarse que la operación fue cosa benigna y rápidamente hecha. La tripa de un deán como es debido, ofrece ancho campo a todas las fantasías quirúrgicas; total, un poco de cloroformo, un buen arañazo y en paz. Cuando el pobre paciente volvió a abrir los ojos, el operador, muy satisfecho, le dijo:

—¡Era bien lo que yo me temía! ¡Estaba usted, señor deán, encinta!

Y diciendo esto, le mostró el bebé desnudito y más mono que las pesetas.

—¡Señor, Señor, tened piedad de mí!—exclamó el ministro del Altísimo—. ¡Perdonadme! ¡La carne es flaca! ¡Ay de mí! ¡Ay de mí! ¡Para una vez que me ha

sucedido!... Pero yo sabré cumplir con mi deber—añadió con honradez magnífica—
¡Te criaré y velaré por ti, hijo mío!

Y lo hizo tal y como lo había dicho. Tan bien y tan cuidadosamente, que el muchacho creció como las rosas y se hizo un mocetón que daba gloria verle.

Hasta que un mal día el bueno del deán sintió que su fin se acercaba, y haciendo venir a su hijo junto a su lecho, le habló de esta manera:

—Hijo mío, voy a comparecer delante del tribunal del Señor, y para ir con la conciencia más tranquila voy a revelarte un secreto que hasta ahora te he tenido oculto!...

—¿Que eres mi padre? ¿Que no eres mi tío? —dijo el joven, pasándose de listo.

—¡No, hijo de mi alma!... ¡No soy tu padre!... ¡Soy... tu madre!... ¡Sí, tu madre!... ¡Tu padre es ese buen mozo del genio vivo y los grandes bigotes...: el capitán de carabineros!...

—

EL CIEGO EN EL SERMÓN

Predicaba un gilito en su convento,
y, para comenzar, bustó al intento,
de la Escritura Santa en los lugares,
el texto que aquí va de los *Cantares*
en latín anotado,
y repitió en romance, acalorado:
—¡Qué hermosas son tus tetas, oh mi hermana,
oh mi esposa! ¡Mejor hueles que el vino!
Así hablaba a su amante soberana
Salomón, lleno del amor divino.
Luego que expuso el amoroso texto,
escondió bajo el hábito las manos
y siguió su sermón, diciendo: —Hermanos,
¿hasta qué extremo habrá de llegar esto?—
Un lego que, calada la capilla,
del púlpito en la angosta escalerilla
sentado, al reverendo acompañaba
y el sermón escuchaba,
díjole en tono bajo:
—No se tenga las manos ahí debajo,
padre; sáquelas fuera prontamente,
porque quizá sospechará la gente,
al ver su acción y oyendo como empieza,
hasta qué extremo ha de llegar la pieza.—

Oyólo el fraile, y luego
las manos saca y sigue predicando;
pero, entretanto, el lego
(o porque, el verde texto recordando,
sintió el vicio en sus partes exaltarse,
o porque no quería ocioso estarse
mientras se predicaba)
pensó lo mismo hacer que sospechaba
al principio del fraile reverendo,
con su negocio el tiempo entreteniendo.
A este fin, colocado en la escalera,
puso el hábito en hueco bien afuera,
las manos ocultando,
y, su cumplido miembro enarbolando,
empezó su recreo;
mas, porque no pudiese algún meneo,
de un modo involuntario,
su fuego descubrir extraordinario,
siempre que se encogía o empujaba
ponía su semblante compungido,
diciendo: —¡Ay Dios, y cómo te he ofendido!—
Al tiempo que la empresa concluía,
el glutinoso humor que despedía,
ardiente como fuego,
en los ojos cayó de un pobre ciego
que escuchaba el sermón allí debajo,
y exclamó: —¡Jesucristo, y qué gargajo
me han echado, que pega cual jalea!
¿No ven que estoy aquí? ¡Maldito sea
y ciego como yo quede del todo
quien sin mirar escupe de ese modo!

(SAMANIEGO)

—

LA TENTACIÓN DE
SAN ANTONIO

El Diablo estaba desesperado. Tumbado sobre una de las rocas que formaban la parte posterior de la guarida de Antonio, el amado de Dios, mordíase las uñas y azotaba distraído con la negra cola las ardientes arenas, buscando entre mil maquinaciones infernales que hasta entonces no habíanle dado resultado, el modo y manera de hacer pecar a aquel santo varón que a pocos pasos de allí fortificaba más y más su espíritu, mortificando más y más no ya su carne, que tiempo hacía que la había consumido en ayunos y penitencias, sino sus huesos y su piel, pues alto, delgado y más seco que la buena mojama, era todo, a fuerza de virtud, un puro nervio.

¡Y de qué temple! Dijéralo si no aquel diablazo furioso y ensimismado, que ya no sabía qué hacer para tentarle.

Porque en vano había tratado de seducirle por la vanidad, presentándose con un lúcido cortejo de falsos magnates a ofrecerle títulos, dignidades, honores y poderío; en vano por la soberbia, trocándose en falso ermitaño y viniendo a incitarle por la discusión y la sabiduría; en vano por la gula, que pierde a tantos hombres; el santo habíase liado a coces con los platos de oro, llenos de las más suculentas viandas, y las ánforas de plata y marfil, colmadas de los más endiablados y olorosos vinos, no queriendo para el sustento de su sarmentoso cuerpo otra cosa que el agua fría de la roca y el negro pan que el negro cuervo traíale todos los días de los insípidos hornos celestiales. En vano, en fin, había tratado el Demonio de incitar su lujuria, presentándole desnudas y solas las más incitantes y maravillosas mujeres entre las muchas de primera que tienen su lógico y divertido descanso en los infiernos. Todo había sido inútil. Y allí seguía aquel hombre, reza que te reza día y noche, cada vez más seco y cada vez más santo.

El Diablo, revolviéndose intranquilo sobre la dura roca, mordíase las uñas y azotaba nervioso con la cola las ardientes arenas.

—¡Ni honores, ni riquezas, ni poderío, ni sabiduría, ni manjares, ni vinos, ni mujeres!—murmuraba el Malo, desesperado—. Pero ¿qué habrá que hacer con este hombre para que peque? ¿Qué querrá? ¿Qué le gustará?...

De pronto, ¡zas!, se dio una palmada en la ancha frente, pero tan grande que tembló el desierto. Había tenido una idea diabólica, genial:

—¿Será pederasta?—se preguntó—. ¿Habrá rechazado las barbianas que le traje por...?

Una sonrisa feroz iluminó su rostro, terrible pero hermoso. Luego, lleno de esperanza, se dispuso él mismo a tentarle, y poco después quedaba la roca en que se apoyaba convertida en media docena de cabras, y él mismo, en el más lindo y apetitoso mancebo que ejerció jamás el oficio de cabrero: como de quince años, efebo, gordezuelo, con ojos y boca de mujer, voz aniñada, cálida e insinuante y un ano de perdición. Por supuesto, como indumento, una simple piel de chivo que apenas le tapaba un hombro y parte del suave pecho y hermosa espalda, y de añadidura una endiablada flauta, que, como endiablada, junto a aquella boca de amapola dejaba escapar unos sonidos dulces e incitantes capaces de poner cachondo a un cadáver.

El santo, que oraba y oraba de rodillas, oyó la flauta, levantó los ojos, vio al efebo y vio las cabras, y notando que las suyas se le iban, le arremetió con tales bríos que antes de que el Diablo pudiera valerse, la cosa ya no tenía remedio. Inútiles fueron entonces todos los esfuerzos y tirones de éste para librarse de aquellos brazos sarmentosos que le atenazaban, y de aquella ansia durante tantos años contenida; se sintió rasgado y destrozado, gritó, chilló, blasfemó, pidió socorro; todo inútil: el anacoreta parecía cobrar nuevas fuerzas contra más batallaba. Entonces el Diablo, no sabiendo ya qué hacer, empezó a lanzar bramidos horrorosos y bufidos y llamas y lumbre por ojos, boca y narices. Pero oyó con estupor que el santo, en vez de retroceder, apretaba más, exclamando:

—¡Sí, sí; bufa, sopla, escarabajea, echa llamas por la boca y por las narices..., pero lo que es por aquí detrás..., ni humo!...

—

A encerrar a un gato pardo
que mayaba en un desván
subieron con gran afán
Concha y su primo Bernardo.
Sin duda, al primer encuentro
la niña cogió al tal gato,
porque exclamó de allí a un rato:
—¡Madre..., ya lo tengo dentro!

(J. B. BALDOVÍ)

—

Una inglesita deliciosa, de las pocas que entran en libra (porque hay que ver los huesos que ataviadas de turistas nos llegan de la Gran Bretaña); pero esta vez, sí: una inglesita deliciosa, con cara de niña, una cara como un ángel, y cuerpo de mujer (hago esta advertencia porque las otras no tienen más que pies y sombrero; parecen tíos disfrazados), viaja en un departamento de primera, con un capitán. Y le trae loco. Sí; le trae loco porque a través de la tela sutil de su vestido adivina el bizarro varón unas morbideces que, entre lo que adivina y lo que ve, está que brama. Tiene, además, la inglesita unos ojos tan azules y tan candorosos...

De pronto, ¡zas!, un túnel, y a la incierta luz del vagón nota el capitán que los divinos ojos de la chiquilla le miran como diciendo: "¡Qué ocasión, hombre, para que te decidas!"

Si lo decían o no, lo cierto es que se vuelve loco, pierde la cabeza, se arroja sobre ella y...

La extranjera, sorprendida, vacila, y durante los primeros instantes ni se puede defender ni gritar; luego exclama, tratando en vano de rechazar a aquel magnífico bárbaro que con tanta fortuna la ha tomado por asalto:

—¡Ah!... ¡Eh!... ¡Oh!... ¡Conductor!... ¡Conductor!... ¡Conductor!...—pero, poco a poco, su voz cambia de tono, varía, se ahoga en su garganta—. ¡Conduc...! ¡Concon...!, ¡conti...!, ¡continúa, rico mío!...

—

Cierto joven, que a casarse
gozoso se preparaba,
a los pies de un capuchino
se arrodilló una mañana,
y le rogó, muy humilde,
que sus culpas escuchara.
—Confieso—dijo—que quiero,
que idolatro, a una muchacha;
pero todo está dispuesto,
y hoy mismo, padre, nos casan.—
Contóle otros pecaduelos
el novio muy a la larga;
y el fraile tomaba polvos
sin chistar una palabra.
Dicho ya el: "ego te absolve",
extrañando le dejaba
escapar tan bien librado,
antes de volver a casa
dijo él penitente: —Padre,
¿no me manda rezar nada,
ni hacer otra penitencia
que mis culpas satisfaga?—
A que contestó mi fraile,
componiéndose las barbas:
—¿Qué más penitencia quiere?
¿No me ha dicho que se casa?

—

En el tren, camino de Lourdes, dos curas conversan amigablemente, y, como es natural, la conversación recae sobre el famoso santuario, su virgen y sus innumerables y prodigiosos milagros. Uno de los padres, entre los mil prodigios que ha visto, cuenta de una señora paralítica desde más de veinte años que entrar en la piscina y curar fue todo uno. El primero añade... El segundo replica... Y así durante mucho rato se suceden milagro tras milagro a cual más despampanante. De tal modo que los viajeros, enardecidos, toman parte en la conversación, y como los cazadores, que si uno miente mucho el otro más, con tal de no parecer menos diestro, al cabo de poco rato se dicen y oyen cosas fabulosas.

Solo uno de entre los viajeros que llenan el vagón no ha dicho nada; un, al parecer, comisionista, si se juzga por sus maletas, que, hecho un ovillo, en un rincón ha tratado inútilmente de dormir en medio de la santa y embustera baraúnda. Viendo, en fin, que es inútil pegar los ojos entre tan cristianos trapisondas, interviene en la conversación, diciendo:

—¡Los milagros de Lourdes! ¡Ya lo creo! Pero es preciso, padres míos—sigue, dirigiéndose a los sacerdotes—, no admirarse de nada, porque nada hay imposible para tan milagrosa imagen. En mi familia hemos sido verdadera y extraordinariamente favorecidos por la Santa Virgen. Figúrense ustedes—todos escuchaban boquiabiertos y babeantes—que un sobrinito mío de ocho años se había tragado, jugando, una pequeña cucharita de estaño...

—¡Dios mío!

—¡Qué horror!

—¡Pobre criatura!

—¡Ay que ver!...

—¡Pobre niño!...

—Y como los médicos más hábiles eran incapaces para extraérsela—sigue el bueno del comisionista—, rápidamente, mi hermana y mi cuñado le traen a Lourdes.

—¿Y...?—pregunta vivamente uno de los sacerdotes, haciéndose eco de la impaciencia de los demás.

—¡Y aquí de los milagros, padre! Llegan, acuden, le meten en la piscina, y ¡oh maravilla de las maravillas!... Meterle y empezar a cagar fue, todo uno. Y caga que te caga, hasta arrojar... ¡una docena de cucharas de las de sopa en plata maciza y con las iniciales de mi cuñado!... Pueden ustedes creerme que ocurrió tal y como tengo el honor de decírselo...

———

Cansado un fraile de oír
confesiones disolutas,
exclamó: —¿Hay aún más pu...?—
Y no quiso concluir.
—Espérese un poco, padre
—dijo la inocente Juana—,
que estoy desde la mañana
y también vendrá mi madre.

———

El príncipe de Ligne escribía a su mujer, de la que estaba separado hacía quince años, y la cual le había participado que se hallaba encinta:

"No sabe usted, señora, lo dichoso que he sido sabiendo que el cielo ha bendecido al fin nuestra unión."

———

Tiene Inés, por su apetito,
dos puertas en su morada:
en una, un hoyo en la entrada;
en otra, colgado un pito;
esto es avisar que cuando
viniere alguno pidiendo,
si ha de entrar, entre cayendo;
si no cayendo, pitando.

(**Baltasar de Alcázar**)

—

En una subasta, el adjudicador dice a voz en cuello, mostrando un cuadro no malo, pero sin firma:

—¡Un cuadro anónimo, señores!...

Adjudicado el cuadro, grita, designando otro que muestra a la curiosidad pública:

—¡Un segundo cuadro del mismo pintor!...

—

El pobre fray Juan Tibulo,
sin un cuarto y roto el manto,
pide al fin, con disimulo,
que le limpie usted el... llanto,
que es y ha sido hasta hoy tan nulo.
    Y dice que la receta
de la gente maliciosa
que su salud tiene inquieta,
es: hacerla la... forzosa
para guardar cama y dieta.
    Con programas y razones,
y con los dientes enjutos,
nadie arrastra a dos tirones
el peso de los... tributos
que rasgan sus pantalones;
ni con hambre tan prolija,
de otros males causa y mengua,
habrá un mortal que no exija
que enderece uno la... lengua
contra aquel que los cobija.
    Pues sabe él, que no es bisoño
tratándose de este asunto,

que ni en Madrid ni en Logroño
encuentra un fraile hoy un... punto
donde pasar el otoño.

Toda vez que me disputa
la casera, que a mi boca
dar no quiere pan, ni fruta,
tema al fin parar en... loca
si otro lo suyo disfruta.

Visto, pues, su gran trabajo,
triste cara, flaco talle
y vestido de estropajo,
no mande usted al...a calle
al que firma aquí debajo.

(FR. JUAN TIBULO ASPERGAS)

———

Un abogado muy conocido tiene la costumbre de no pedir honorarios fijos por los pleitos de que se encarga, sino que reclama un tanto por ciento del dinero que hace ganar a sus clientes o del que les economiza.

No ha mucho, una joven y hermosa señora que deseaba separarse judicialmente de su marido le visitó para que se encargase de su asunto, y luego de haber hablado, le dijo:

—¿Y cómo honorarios?

—Mis condiciones son siempre, señora, el diez por ciento de los beneficios que mis clientes obtienen ganando sus asuntos.

—El más interesante de los beneficios que yo he de tener si me hace usted triunfar será mi libertad, de modo que..., como me agrada usted, acepto con gusto sus condiciones.

El abogado es hoy el amante de la deliciosa mujercita.

———

Un mango para un cuchillo
mandó comprar a su esposo
doña Luisa; y el buen mozo
metiósele en el bolsillo.

Sonrió al verlo cierta hermosa,
y él, que lo tomó a insulto,
dijo: —Señora, este bulto
es el mango de mi esposa.

(SERAFÍN PITARRA)

—

Un cardenal italiano, célebre por su inquebrantable austeridad, recibió un día la visita de una de sus más hermosas penitentes, duquesa auténtica.

—¡Ah, monseñor!—le dijo—, vengo a confesarme con su eminencia; he cometido un pecado mortal...—y la hermosa dama, roja como una amapola, confesó que tenía un amante y que el tal amante le había exigido una cosa...—. ¡Ah, monseñor!...

—Pero diga: ¿de qué se trata? ¿Qué puede ser que es tan abominable?— preguntó .el cardenal, intrigado.

Y en voz baja la duquesa hizo la confesión pronunciando cierta cifra particularmente sugestiva y reveladora, no obstante lo cual tuvo que dar ciertos detalles, pues, dada la austeridad de su eminencia, no caía, no caía...

El cardenal, sorprendido al ver con claridad de lo que se trataba, se echó hacia atrás, exclamando:

—*Pecato mortale! Grande pecato, signora!*

Luego añadió más dulcemente:

—*Pecato mortale!... Ma che bella combinizione...*

—

Por no gastar, don Desiderio Angulo
no usa papel para limpiarse el culo.
Pero de la camisa en los faldones
pinta, en cambio, al pastel, constelaciones.
Y en lejía, en jabón y en lavandera,
consume Angulo su fortuna entera.

Como ves, el apólogo es muy claro:
lector querido, lo barato es caro.

(x)

—

M.L. de Rochefort cuenta en sus "Recuerdos" que un día María Antonieta se entretenía en tirar bolitas de miga de pan a Luis XVI.

El rey, volviéndose hacia el señor de Saint-Germain, ministro de la Guerra, le dijo:

—General: si le bombardeasen a usted de este modo, ¿qué haría?

—Clavar la pieza, majestad—replicó sin vacilar el militar.

—

La del escribano,
la recién casada
con el francesito
de la cuchillada,
la que tiene al río
vista y puerta falsa,
para ser tan moza
no es del todo sana.
Como paño malo
descubre la hilaza,
y en materia de esto
lindos cuentos pasan.
Al marido ayuda
a llevar la carga;
a los aranceles,
tiene ya en estampa.
El corta las plumas,
y ella las arranca
a los pajarillos
que en su red se enlazan.
El cuelga en la cinta
su tintero cajas,
y ella da madera
de la que se labran.
El da fe de todo,
y ella da esperanzas
a los pisaverdes
que le dan la casa.
Toma él confesiones,
y ella las dilata
aunque dé mil vueltas
la Semana Santa.
Él hace preguntas
a los que declaran,
y ella da respuestas
a ninguno malas.
Él da testimonios,
y ella los levanta
a la vecindad
por cubrir sus faltas.
Hace él tinta fina
que gastar en casa,

y ella en su escritorio
de la ajena gasta.
Él se va a juicio
a seguir sus causas,
y ella, fuera de él,
cumple bien sus mandas.
Él renuncia leyes
que en el caso hablan,
y ella se somete
a las que le agradan.
Él hace contratos
con firmezas bravas,
y ella tiene tratos
llenos de mudanzas.
Toma él juramentos,
y ella los quebranta
si juró algún día
de no ser bellaca.
Él protesta costas
y niega demandas,
y ella las concede
a los que le pagan.
Con la del violero
que vive de cara
comunica mucho,
y son como hermanas.
Esta es de la vida
y también del alma
que con su marido
encuerda guitarras.
Él busca las primas
frescas de Alemania,
y ella las terceras
de la tierra y rancias.
Él mira las cuerdas
que solas dos hagan,
y ella, por no serlo,
hace las que bastan.
Otras mil cosillas
que el hombre se calla
por tener presente
la amistad pasada.

Otro la celebre   hasta hacer entre ellas
como a la escribana,   la traviesa pata.

(J. DE IGLESIAS)

——

López, el bravo coronel de artillería (esto era en tiempo en que los coroneles de artillería eran bravos), era un buen cristiano, lo que no impedía que tuviese la frecuente y descansada costumbre de jurar. Claro que esta costumbre le pesaba, pues con harta frecuencia la coronela le había avergonzado (no pocas en público) por ver de quitarle hábito tan deslenguado y poco piadoso.

Un anochecido, deseando nuestro buen hombre quitarse, costase lo que le costase, tan pícaro vicio, se acercó a la parroquia, e hincándose de rodillas ante un confesonario, y después de descargar su conciencia, pidió consejo al páter para ver de acabar con aquella funesta costumbre.

El padre, que entre las cosas que le acababa de oír estaba la de cierto amor desmedido al dinero, calculó rápidamente un medio que no dudó daría resultado.

—Hijo mío—dijo al penitente—, creo haber encontrado un remedio eficaz contra ese verdadero pecado que es la blasfemia. Desde hoy, cada vez que peque usted de palabra de este modo, inmediatamente, como penitencia y escarmiento, dará usted cinco pesetas al primer pobre que encuentre a su paso. De esta manera, castigado el bolsillo, que siempre es sensible, pondrá usted más cuidado en la lengua, y poco a poco perderá usted ese hábito que le denigra y envilece.

El remedio le pareció a nuestro coronel un poco duro; pero, como decía muy bien el páter, la mejor manera de corregirse era mortificando lo que más le mortificaba: el bolsillo.

—Pues así lo haré, padre; pierda cuidado.

Y tras la breve penitencia en rezos, salió de la iglesia.

Caía la noche y marchaba el coronel meditabundo, pensando en lo a que acababa de comprometerse, bajo los árboles de la solitaria calle, cuando un tropezón que casi le hace caer de narices le arrancó el primero y por cierto magnífico juramento.

—¡Por vida de...!—exclamó, continuando su camino—. Ya me ha costado un duro.

Y mientras refunfuñaba, le pareció distinguir al otro lado del paseo a una pobre mujer cobijada junto a una valla; cruzó, llegó cerca de ella y puso en su mano una moneda de cinco pesetas.

—Gracias, señor... Pero... ¡cómo! ¿Un duro?

—Un duro, sí; un duro. Para ti.

—¡Ah!... ¿Es que...? ¿Dónde quiere usted que nos pongamos? ¿Aquí mismo?...

——

Rodeada de platos y escudillas
y en la mano mugrienta un estropajo,
sudando grasa con el gran trabajo
de no poder estar sino en cuclillas.

Bañadas de agua sucia las faldillas,
metido entre las piernas el dornajo,
encajado en las nalgas el zancajo,
meneando a la par culo y rodillas.

Anoche vi estar a mi morena
cuando al son de los platos yo llegaba
no poco alegré por hallarla sola.

Y al decirme: "Vengáis enhorabuena",
como aquella postura le ayudaba,
cayósele una pluma de la cola.

(QUEVEDO)

—

Dos hablaban refiriéndose a una mujer:
—Tiene veintiocho años.
—¿Sólo veintiocho años?
—Por lo menos es lo que siempre he oído decir.

—

Felicia a Félix no hacía
caricias, porque era honrada;
y él, al verla así obstinada,
dicen que le dijo un día:
—¿Crees honrada a tu madre?
—Y mucho—exclamó Felicia.
—Pues no te haré más caricias
que las que le ha hecho tu padre.

(SERAFÍN PITARRA)

—

UN JUICIO A LO SALOMÓN

En un pueblo de Castilla un automóvil mata a un lechoncillo y se ve obligado a detenerse y a entrar en negociaciones con el propietario y toda su familia, que acuden con gran escándalo y no muy buenas intenciones. El dueño del coche ofrece tres duros para zanjar el asunto, y el labrador exige cinco. Sube el señorito hasta cuatro, pero se niega a dar más, pues el chofer jura y perjura que la bestia muerta no vale ni los tres duros ofrecidos primero. El labrador se obstina. Palabras, altercado, gritos y, por fin, el sargento de la Guardia civil, que llega a poner paz y a quien, de común acuerdo, eligen como juez de aquel litigio, las partes, que ya iban a venir a las manos.

—¡Doy cuatro duros por ese pingo que no vale veinte reales, y además se lo dejo!—ruge el señorito, exasperado ya.

—¡Que me dé cinco y que se lo lleve, ya que lo ha matao!—brama el campesino.

El sargento levanta la mano, y todos callan.

—Basta. Asunto arreglado. Deme usted los cuatro duros—el señorito obedece, entregándole cuatro machacantes.

—¡Es que vale cinco, señor sargento!—salta el hombre.

— ¿Y quién te lo niega? Toma—dice el juez improvisado sacando otro duro de su bolsillo y uniéndolo a los cuatro—. Contento.

Y tirando del gorrinillo muerto se lo llevó tranquilamente.

———

A UN ITALIANO, QUE FUE MAESTRO DE ESCUELA

Tiene el músico que alaban
una voz tan general,
que como llega a los bajos
suele a los tiples llegar.
Dicen que hace mucha fuerza
para poder alcanzar,
pero que si aprieta mucho
pasará a cualquier rapaz.
Nunca ha estudiado la solfa,
mas tiene tal natural
que al más difícil papel
mete la letra a compás.
En las escuelas de Italia
mostró mucha habilidad,
y esto es cosa tan sabida
que los niños lo dirán.
De grande hombre de a caballo
hay quien le quiere alabar,
y a fuer de subir a potros
no dudo que lo será;
aunque tiene un gran defecto

en este particular:
que cabalga muy trasero
y así pica por atrás.
Si bien dicen que es valiente,
tiene de traidor él dar
a todos los con que riñe
las heridas por detrás.
Pero las que hace en la esgrima
con maña y destreza igual,
aunque abajo los apunte,
siempre en el o jodias da.
Muchos testigos le culpan
en un pecado mortal,
y para que le condenen
él mismo la prueba da,
pues tan mal guarda el secreto,
que si llegare a mirar
descubierto el culo al Diablo
ni al Diablo perdonará.
Es tan colérico, que
luego a los ojos se va;

pero aunque ofende a las niñas,
los niños suele halagar.
Y no siente los agravios;
tan bueno es su natural,
que todo echa a las espaldas
para no acordarse más.
En las cuentas de su libro
un poco atrasado está,
porque los negocios que
hace no son de multiplicar.
¡Alerta todo ojo, alerta!
Pero ¿quién se escapará

si el mismo culo de Judas
no tiene seguridad?
Salga de la tierra, salga,
donde, convertido en sal,
estatua segunda sea
de los pueblos de Amorá.
Que si la mujer de Lot
tuvo el castigo mortal
porque atrás volvió una vez,
éste siempre vuelve atrás.

(MANUEL DE PINA)

———

La desvergonzada vecina comparece delante del juez, acusada de haber faltado a la Moral. Mas ella, con gran frescura, levanta sus faldas, invitando a los presentes a que digan qué es lo que es indecente de lo que ella tiene, para saberlo y no mostrarlo más. El juez, naturalmente, la reprende e interroga a los testigos que vieron el desacato que los congrega, para que se pongan de acuerdo. Pero no hay medio; unos dicen que cara y otros que cruz. Ella intenta facilitar la prueba levantándose otra vez las faldas. Entonces el juez, un poco irritado, precisa la cuestión:

—¡Ea!, vamos a ver si responden ustedes exactamente: ¿qué fue lo que enseñó: el lado del... de... el lado "lluvioso" o el lado "ventoso"?

———

A Juan, al volver de Flandes,
negó Cecilia dos besos
diciendo que, al fin, de excesos
nacían disgustos grandes.
    Vio frustrados sus empeños
el mozo, y dijo de paso:
—Pues crea usted que, en tal caso,
siempre al nacer son pequeños.

(SERAFÍN PITARRA)

———

Un cura de aldea nota que el vino de su bodega disminuye demasiado rápidamente, y sospechando el muy ladino que el agujero por donde el tintillo escapa es la garganta de su sacristán, aprovechando el primer día que éste se arrodilla ante él en el confesonario le pregunta:

—Ahora que estás aquí, hijo mío, en este santo rincón adonde no debe llegar la mentira, dime con franqueza: ¿quién se bebe mi vino?

Pero el sacristán no replica más que si hubiese muerto de repente. Entonces el páter repite la pregunta. Idéntico resultado. Otra vez los labios del cura vuelven a preguntar por su vino, y esta vez ya con su poquito de mostaza. Entonces el sacristán dice:

—Es extraordinario, padre cura: en donde yo estoy no se oye ni palabra de cuanto usted dice. Le veo a usted remover los labios, pero no oigo nada. ¿Quiere usted convencerse? Cambiemos de lugar y lo verá usted.

En efecto, ocupa el cura el lugar del sacristán y éste el de aquél, y una vez sentado, pregunta:

—¿Quién se acuesta con la mujer del sacristán?

—Tienes razón; no se oye ni pío.

———

Estaba Lisis en campal batalla
resistiendo de Félix el asalto,
que, encendido de amor, de juicio falto,
solicitaba descortés gozarla.

Derribóla y no pudo sujetarla,
porque al ir con ansia a dar el salto
de un respingo le echó Lisis bien alto
y a pie juntillas defendió su valla.

Ya verán que es forzoso que se emperre
Félix amante con tan ruin suceso;
no hay que espantar que con amor se yerre.

Si con amor adarme no hay de seso.

En fin, ella se estuvo erre que erre
y el pobre se quedó tieso que tieso.

(FRAY DAMIÁN CORNEJO)

———

HABANOS, Y DE MARCA

Para presentarse al director de escena que ha solicitado por anuncios muchachas jóvenes y bonitas para una película, la tímida e inocente Lucía va, haciéndose acompañar de una amiga de bastante más edad y experiencia.

Pero, claro, ésta tiene que hacer antesala, pues el señor director no quiere ver sino a las interesadas directamente para poder aceptarlas o rechazarlas con más libertad; esto, al menos, dicen que dice.

Al cabo de un cuarto de hora, la neófita aparece un poco bruscamente, roja y aturdida.

Y ya lejos de la oficina y camino de la casa habla, instigada por la curiosa amiga:

—Figúrate que estaba el tío marrano, carcamal..., medio desnudo, y allí, en la semioscuridad del despacho, quería a toda costa hacerme fumar, según decía, de una especie de puro muy gordo que tenía escondido entre la bata.

—Sí, ya me figuro—responde la otra, suspirando—. Pues has hecho bien resistiendo, hija, porque ¿ves tú esos cigarros?, pues nosotras los fumamos..., pero son ellos los que escupen.

—

Con dirección a Simancas,
y en una burra trotona,
marchaba Blas en persona
llevando a Inés en las ancas;
mas la bestia dio un traspiés,
y al cruzar unos olivos,
se le fue la burra a Inés
y Blas perdió los estribos.

—

La superiora del convento va a quejarse al coronel:

—Señor coronel, los soldados de su regimiento son... indecentes, indecentes.

—¡Señora!

—Lo dicho, señor coronel; orinan por cualquier parte...

—Perdone la reverenda madre—replica vivamente el coronel, que es un coñón—; pero no hay posibilidad de orinar sino por una sola parte: la natural. A menos que se trate de...

—Quiero decir, y debe usted entenderme—salta la superiora, un poco amoscada—, por cualquier lado, sin fijarse ni mirar. ¡Es una vergüenza! Y mis educandas ven desde las ventanas... lo que no debían ver. De modo que le ruego ponga término a este estado de cosas.

—Vamos a ver—dice el coronel, como interesándose mucho por la petición—; desde luego, ¿está usted segura de que son mis muchachos los imprudentes que...?

—Absolutamente segura, sí, señor.

—Veamos, veamos...; no vaya a cometer una injusticia y a tirarme una plancha. Si realmente son ellos lo sabré en seguida. ¿Qué hacen? ¿Cómo hacen?

—¿Ve usted? No son mis muchachos. ¡Si ya decía yo!...

— ¡Cómo qué no!

—No, señora; mi gente emplea las dos maños.

———

Riño a Emilia, a fin de ver
si de ser chismosa cesa;
y, sonriendo, me confiesa
que es el "chisme" su placer.

———

La joven condesa de Plessis-Montaut, antes, en Chicago, Betsy Weldon, es bonita como lo son las americanas cuando se ponen a serlo, quizá por lo cual enseña y luce en todas las playas y en todos los casinos de Europa sus espaldas, su garganta, su nuca, los sobacos, el pecho, los brazos, sus piernas y su trasero; es decir, 14.960 centímetros cuadrados de su cuerpo, suponiendo que tenga 15.000; lo que desde luego no la diferencia de las otras damas del gran mundo, bien que lo que ella enseña sea de todo punto encantador. Su marido, a pesar de ello, se distrae por fuera con excesiva persistencia, pero tan hábilmente que Betsy le adora. Claro que la condesa de Plessis-Montaut desearía quizá aún un poco más de discreción, pero Betsy se ha casado con él por su elegancia y sus títulos, es decir, por todo lo que le quedaba, y no es cuestión de ser excesivamente exigente. Contra títulos y elegancia, ella ha llevado a la boda veinte millones de dólares, a los que él da aire con exquisita prisa sin dejar de mimar a su linda mujercita; pero... pero, la verdad, él prefiere las expertas "cocottes" a Betsy, que es una divina muñequita, pero sólo una muñequita. Y, claro está, Betsy había notado que Adhemar era cada vez menos... expansivo con ella; pero esta discreción la atribuyó a fatiga: Adhemar de Plessis-Montaut ha pasado ya de la cuarentena, y todo el mundo sabe, además, que su primera y su segunda juventud han sido bastante agitadas.

—¡Pobre Adhemar!—piensa Betsy—. Ya le volverá otra vez, quizá...

Entretanto, para distraerse, se ha vuelto "coleccionista". Su inmensa fortuna la permite todo género de fantasías, y ha sabido formar en su palacio de la avenida Monceau una de las más variadas galerías de París. Todos envidian su Tiépolo, su Corot, su Ingres, su Perugino y sus dibujos de Rémbrandt; pero sobre los cuadros y los tapices y los muebles, con ser muchos y muy ricos, destacan sus porcelanas, especialmente su colección de jarrones chinos, la mejor del mundo al decir de los conocedores.

Pero, en septiembre pasado, la condesita, a su regreso de una estancia de tres meses en América con su señor papá, al volver a París junto a su maridito, a quien diferentes asuntos han retenido en Francia, ella, que venía deplorando no haber anticipado el viaje lo menos una semana y esperaba darle una grata sorpresa, se encuentra que, invitado a una partida de caza por el marqués de Fougerol, no volverá sino tres días después.

Triste noche la suya, sin las caricias conyugales que tan vivamente deseaba; pero qué hacer...

Al día siguiente, por distraerse y sin haber mirado siquiera sus colecciones, se hizo llevar a la almoneda de Florine Langlois, célebre cortesana que, ya cuarentona, se retiraba con el riñón bien cubierto, después de vender sus objetos de arte.

Y apenas dentro de la sala de la subasta, Betsy tuvo que contener un grito de alegría. Allí, sobre uno de los estantes, un prodigioso jarrón chino atraía las miradas y las esperanzas de los iniciados. Doblemente precioso y deseado para ella, pues, por una casualidad providencial, era la pareja de otro que ella tenía en su palacio: de la perla, de la gloria y orgullo de su colección. Todos los aficionados, a pesar de que trató de disimular su estado de espíritu, comprendieron su entusiasmo y su impaciencia. Esperó, pues, nerviosamente, el momento de la subasta de la maravillosa pieza, a la que pujó hasta trescientos mil francos contra el famoso anticuario.

Silbersheim. En fin, en una última puja de treinta mil se lo llevó.

Llegada a su palacio, su primera intención fue, naturalmente, ir a comparar su preciosa adquisición con el antiguo jarrón. ¡Horror! ¡El suyo había desaparecido! La condesita pensó en avisar a la Prefectura, en revolver todo París. ¿Qué había ocurrido en su ausencia? Nerviosamente recorrió toda su galería. Ningún otro objeto de arte faltaba...

En fin; como examinase con cuidado el jarrón que acababa de adquirir, descubrió allá en su fondo una pequeña cartulina que decía estas palabras: "A mi pequeña Fiorina, su viejo Adhemar."

¿Quién os engañó, señor,
en aceptar desafío
donde el premio es el honor,
sin fuerza, talle, ni brío
para batallas de amor?

  Confiasteis de animoso,
y fuéraos más provechoso
vivir menos confiado,

que no venir desarmado
a campo tan peligroso.

  ¿Qué pensabais sacar
que todo no os afrentase,
no pudiendo acaudalar
armadura que os armase
ni lanza para encontrar?

Y pues tal os hizo Dios,
de concierto entre los dos,
fuera bueno haberle dado
al enemigo un soldado
que combatiera por vos.

Natura os quitó el arnés,
quedasteis sin armadura,
y vos quisisteis depués
pelear contra Natura
siendo el disparate que es.

¡Qué cosa tan torpe y fea
para quien honra desea!
¿No veis que no valen higo
el desarmado enemigo
para entrar en la pelea?
Considero de la suerte
que estabais en aquel
trance peligroso y fuerte,
más amargo que la hiel,
con mil sudores de muerte:
entrando y saliendo en vano
con vuestra derecha mano
por esforzaros, y al fin
vuestro cansado rocín
echado en el verde llano.

Poniásle el robusto,
el blanco pecho delante,
el pie calzadillo justo,
la pierna lisa bastante
para provocarle a gusto.

Mostrábasle a porfía
la casa de la alegría,
que es el secreto minero.

Todo lo miraba Ñero,
y él de nada se dolía.

¡Qué usaríais con ella
de regalos y retozo!
¡Qué de sobarla y molerla
con cuentos de cuando mozo,
para sólo entretenerla!

Y, al fin, cuanto en vos se halla
pudo en algo contendía,
o darle algún gusto humano,

ojos, lengua, boca y mano,
si no don Sancho que calla.

Por lo que al fin sucedió
de la mísera jornada,
la mujer os engañó
y quedó desengañada
de lo que de vos pensó.

Pintabais fuerte varón
dentro de imaginación;
pero ya la pobre entiende
que fue el tesoro de duende
que se convirtió en carbón.

Pues de la dama leal,
¡quién duda que no hiciese
algún acto cordial
para ver si le pidiese
despertar un sueño tal!

Y al estruendo y vocear,
al gemir y suspirar,
las ansias y al tocaros,
durmiendo está el conde Claros
la siesta, por descansar.

Y ojalá fuera dormir;
todo se compadeciera;
tiempo pudiera venir
en que despierto estuviera
para poder combatir.

Pero, más mal hay que suena
entre Torres y Jimena,
helado de parte a parte.

Muerto yace Durandarte,
¡ved qué lástima y qué pena!

De muerte, que es de llorarla;
que a morir como guerrero
peleando en la batalla
fuera dolor no tan fiero
para la que sufre y calla.

Mas la pobre está llorando
no su muerte, sino el cuándo,
que quisiera la traidora
que fuese dentro, en Zamora
por su patria peleando.

La candela que no ardía
en sus manos la tomaba,
y en su fuego procuraba
encenderla, y no podía,
porque el pábilo faltaba.

Contemple cualquier cristiano
cuál estabais, hermano,
con los pies hacia el Oriente
y la mísera doliente
con la candela en la mano.

Hicisteis una salida
por cobrar provecho y fama,
y a poca tierra corrida
cautivasteis una dama
que se os echó de rendida.

Y dad mil gracias a Dios
que no podrán entre dos,
aunque os armasen celada,
quitaros la cabalgada,
porque no fue de vos.

De aquí se concluye al fin
ser honrado en gran manera,
no ruin, ni Dios lo quiera.

Porque si fuera ruin
rogándole se extendiera.

Aunque a ella por otros fines
no se le da dos cuatrines;
ruin le fuera mejor,
porque está hecha en amor
a contratar con ruines.

¡Qué rocín tan de mal talle!
¡Qué halcón tan flaco y feo!
Que no bastó espolearle
con ocasión y deseo
para sólo levantarle.

Pues, señor, de mi consejo
a rocín tan flaco y viejo,
y que cae sin cargarle,
mejor es desjarretarle
y serviros del pellejo.

O, pues no ha salido fiel,
aunque se os haga de mal
hacedle cierta señal,

no se engañe más por él
la que no os tiene por tal.

Cortadle, si os pareciere,
nariz y orejas, si hubiere,
como posta que cayó
que sepa que desmayó
quien a correrla viniere.

Con todo, en las ocasiones
en que Amor incita a mal,
no caerá en las tentaciones
de nuestro mal natural.

Llevarlo será acertado
a monjas para donado:
servirlas a maravilla
sin tener jamás rencilla,
pues jamás está, alterado.

Entre los siete durmientes
podéis contarle y ponerle,
que él recordará, sin verle,
cuando ni Dios ni las gentes
tengan ya qué agradecerle.

Y de la necesidad
mostrará ferocidad
sin para qué; ved qué rabia,
como Santelmo en la gavia
pasada la tempestad.

El árbol que tanto os cuesta
al fin se os ha secado:
cortadle, que es cosa honesta
que un árbol seco, pelado;
sin flor ni fruto, ¿qué presta?

Para alcándara es mejor,
de tórtola, buen señor.
Cuando su marido pierde,
que ni posa en ramo verde
ni en árbol que tenga flor.

No entiendo vuestra costumbre,
pues sabemos cierto nos
los mansos tienen la cumbre.
¿Cómo estáis tan bajo vos,
siendo todo mansedumbre?

Viendo esto la mezquina,
con los humildes se inclina

y a soberbios da favores
porque la mata de amores
lo que la soberbia empina.

    A Sansón fuisteis opuesto:
él belicoso, vos manso;
él a mil trabajos puesto,
vos a perfecto descanso;

pero no mejor por esto.

    Ambos demostrado habéis
a damas lo que valéis:
él el lugar que sabía
donde las fuerzas tenía,
vos de lo que carecéis.

(BALTASAR DE ALCÁZAR)

—

CELO EXCESIVO

El abogado novato.—Papá, al fin he resuelto el asunto aquel que me cediste y que venía litigándose hacía treinta años.

Su padre.—Pero, bobo, ¿qué has hecho? ¡Si te lo había cedido para que tuvieses una renta!

—

    Quísose Inés sacudir
las faldas, y descubrió
más que la ley permitió
que llegase a descubrir.
    Y hubo un milagro que admira,
y es que, al tiempo que la vi,
yo era gibo y me volví
derecho como un vira.

(BALTASAR DE ALCÁZAR)

—

    Cenando en casa de una noble señora, un magistrado enseña a su vecino de mesa una fotografía. La dueña de la casa, que no por muy noble es menos mujer, es decir, menos curiosa, quiere verla también, y, naturalmente, al punto está en sus manos.

—Su retrato, ¿verdad?—dice al magistrado, añadiendo rápidamente: —Sí; se parece usted muchísimo; está muy bien; lo que despista un poco es la barba; como ahora va usted afeitado. ¿Cuándo se lo hizo usted?

—Tenga la bondad de volverlo—dice el magistrado, con una sonrisa.

Ella lo hace, y lee al dorso

"Pablo X, asesino de la familia Paredes."

FIN

LA CRÍTICA LITERARIA

TODO SOBRE LITERATURA CLÁSICA, RELIGIÓN, MITOLOGÍA, POESÍA, FILOSOFÍA...

La Crítica Literaria es la librería y distribuidor oficial de Ediciones Ibéricas, Clásicos Bergua y la Librería-Editorial Bergua fundada en 1927 por Juan Bautista Bergua, crítico literario y célebre autor de una gran colección de obras de la literatura clásica.

Nuestra página web, LaCriticaLiteraria.com, es el portal al mundo de la literatura clásica, la religión, la mitología, la poesía y la filosofía. Ofrecemos al lector libros de calidad de las editoriales más competentes.

LEER LOS LIBROS GRATIS ONLINE
www.LaCriticaLiteraria.com

La Crítica Literaria no sólo está dedicada a la venta de libros nacional e internacional, también permite al lector la oportunidad de leer la colección de Ediciones Ibéricas gratis online, acceso gratuito a mas que 100.000 páginas de estas obras literarias.

LaCriticaLiteraria.com ofrece al lector un importante fondo cultural y un mayor conocimiento de la literatura clásica universal con experto análisis y crítica. También permite leer y conocer nuestros libros antes del adquisición, y tener la facilidad de compra online en forma de libros tradicionales y libros digitales (ebooks).

COLECCIÓN LA CRÍTICA LITERARIA

Nuestra nueva **"Colección La Crítica Literaria"** ofrece lo mejor de los clásicos y análisis de la literatura universal con traducciones, prólogos, resúmenes y anotaciones originales, fundamentales para el entendimiento de las obras más importantes de la antigüedad.

Disfrute de su experiencia con nosotros.

www.LaCriticaLiteraria.com